Mistério no Viaduto do Chá

Wagner Passetto

Autor de Híbridos e de Conexão Com o Passado

ISBN: 978-65-01-23220-1

Dados Internacionais de Catalogação na Publicação (CIP)

(Câmara Brasileira do Livro, SP, Brasil)

Passetto, Wagner Mistério no Viaduto do Chá / Wagner Passetto. --
São Paulo : Ed. do Autor, 2024.

ISBN 978-65-01-23220-1

Ficção policial e de mistério (Literatura brasileira) I. Título.

| 24-239302 | CDD-B869.93 |

Índices para catálogo sistemático:

1. Ficção policial e de mistério : Literatura brasileira B869.93

Aline Graziele Benitez - Bibliotecária - CRB-1/3129

Capítulos

Capítulo 1

Uma Testemunha Silenciosa

A cidade de São Paulo. Como toda grande cidade, seja ela Nova Iorque, Chicago, Londres, está repleta de duas coisas em comum entre elas, pessoas e crimes. O cidadão comum é bombardeado com noticiais desse tipo por quase que vinte e quatro horas por dia. Mas a verdade é que ele não sabem nem uma ínfima parte que ocorre em suas veias frias e sujas. Suas ruas, becos, e cada canto escondido dela há um sem número de todo tipo que vai tirar ou seus bens ou sua vida, ou ambos.

A polícia não pode simplesmente agir sem um causa provável nem pode se infiltrar neste mundo tão peculiar. É nesse ambiente que entram nossos jogadores.

São eles **Paulo Roberto** e **Pedro Silva**. São dois detetives contratados por pessoas que não querem e/ou não podem se expor.

Nesse mundo perigoso entra todo tipo de cliente, desde os desesperados aos desonestos. Eles sabem como lidar com cada um deles. Ora são atenciosos e amáveis, outras vezes são grosseiros e agem pior que os seus perseguidores.

Pedro é experiente nesta área de buscar pessoas e colocar suas ações à tona, mas estava cansado e sobrecarregado, tanto que em uma campana, quase que o amante da esposa de seu cliente pega-o espionando, pois tinha cochilado em seu carro aguardando que saíssem. Essa foi por um triz, senão teria levado com um caibro na cabeça e ficado como indigente. Por isso concordou que Paulo trabalhasse com ele, fora o fato de também, ter sido policial e não um curioso que só quer mesmo ter uma arma no bolso e se sentir grande coisa. Paulo até recusou no início, carregar uma arma, alegando que só traria mais problemas do que vantagens, poderia entrar em bares e casas de jogos clandestinos mais facilmente se não tivesse armado.

Pedro gostou de sua atitude e em pouco tempo o colocou em alguns casos mais ousados e até saiam como uma dupla alcançando melhor seus objetivos.

Também viu nele uma capacidade de mexer com aquela burocracia, pois ainda tinha alguns conhecidos que lhe abriam algumas portas mais facilmente. Sua facilidade de convencimento era outra característica sua. Tinha uma lábia tamanha que, um dia lhe emprestou cem cruzeiros sem que nem mesmo precisara.

Além do mais sua carreira na polícia lhe deu um físico praticamente de uma atleta. Não era exatamente um fisiculturista, mas era bem forte e bom no soco, se virava bem com os que se metiam com ele. Podia segurar um sujeito metido pelos colarinhos e erguê-lo com facilidade.

A amizade entre ambos se fortalecera e o escritório já não era mais decadente, até recusavam algumas propostas de mudança para um lugar maior. Talvez no futuro.

Capítulo 2

Armadilha Em Forma De Mulher

Após um época de calmaria, o que não nada bom para os negócios, se veem com casos menores e pouco rentáveis, mas paga as contas.

Ficam até tarde da noite revisando casos antigos e tratando da papelada apenas para passar o tempo.

Em uma dessas noites, divagando sobre vários assuntos fora da alçada do escritório, a porta se abre completamente só para a precária luz amarelada do corredor revelar a figura altiva de uma garota esguia trajada com um curto sobretudo que deixa suas pernas torneadas de fora. Ela tem, pelo menos, um metro e setenta, seus cabelos loiros parecem ter luz própria. Pára na porta sem entrar, virando seu rosto, segurado sua longa piteira dando-lhe uma boa tragada e solta a fumaça deixando o aspecto do ambiente ainda mais fantasmagórico.

Os dois homens estão paralisados pela surpresa de uma entrada tão repentina e aquela hora, e também pela sua figura altiva, causando um misto de desejo e temor. Sentem que alguns alarmes disparam em suas mentes, mas a curiosidade e o gosto pelo perigo falam mais alto.

Passado a surpresa, Pedro se levanta rapidamente e indo em sua direção, pousa sua mão forte sobre o ombro da garota que baixa sensualmente a cabeça, enquanto ele retira seu sobretudo e o colocando no cabideiro próximo a sua mesa.

A garota se vira lentamente e encara os dois detetives com seus olhos azuis penetrantes. Ela sorri levemente e diz com uma voz suave e sedutora:

- Boa noite, cavalheiros. Eu espero não estar atrapalhando o seu trabalho. Eu preciso da ajuda de vocês. Eu tenho um caso muito delicado e perigoso para resolver.

Pedro sente um arrepio na espinha e um calor no peito. Ele se aproxima mais da garota e pergunta:

- Qual é o seu nome, senhorita?

- Chame-me de Lola. Lola Montéz. - ela responde, estendendo a mão delicada para Pedro, que a aperta com firmeza.

- Lola Montéz? - Paulo repete, surpreso. Ele se lembra de ter lido algo sobre uma famosa dançarina e cortesã do século XIX, que usava esse nome artístico. Ela teria sido amante de reis e revolucionários, e teria causado escândalos e intrigas por onde passava. Seria essa garota uma descendente dela? Ou apenas uma admiradora?

- Sim, Lola Montéz. - ela confirma, olhando para Paulo com um olhar provocante. - Você já ouviu falar de mim?

- Talvez. - Paulo diz sem se comprometer. Ele sente uma pontada de ciúme ao ver Pedro tão fascinado pela garota. Ele se pergunta o que ela quer deles, e se ela não é uma armadilha em forma de mulher.

- Bem, Srta. Montéz, seja bem-vinda ao nosso escritório. - Pedro diz, conduzindo a até uma cadeira. - Nós somos Pedro Silva e Paulo Roberto, detetives particulares. Nós podemos resolver qualquer tipo de caso, desde que seja legal e honesto. Conte-nos o seu problema?

- Senhora. O meu problema é o meu marido. - ela diz, baixando a voz e olhando para os lados, como se temesse ser ouvida. - Ele está me traindo com outra mulher, disto em tenho certeza. Não a conheço e nem faço questão de saber. É como se fosse apenas um empecilho para meu relacionamento com meu marido. E eu quero provas. Eu quero fotos, muitas fotos e quero tudo gravado e com transcrição. Tudo o que vocês puderem conseguir. Eu quero acabar com ele no tribunal. Eu quero tirar tudo o que ele tem. Eu quero fazer ele sofrer.

- E quem é o seu marido? - Paulo pergunta, desconfiado.

- Ele é um homem muito rico e poderoso. Ele é dono de uma das maiores empresas de construção civil do país. Ele tem muitos contatos e influência. Ele se chama Ricardo Montéz. - ela diz, pronunciando o sobrenome com desprezo.

- Ricardo Montéz? - Pedro e Paulo exclamam ao mesmo tempo, reconhecendo o nome de um dos maiores magnatas de São Paulo. Eles se entreolham, assustados. Eles sabem que se envolver com um homem como ele pode ser muito perigoso. Eles se perguntam se Lola está falando a verdade, ou se ela é uma espiã enviada por ele para testá-los ou incriminá-los.

- Sim, Ricardo Montéz. - ela repete, notando a reação deles. - Vocês o conhecem?

- Apenas das colunas sociais. - Pedro diz, tentando disfarçar o nervosismo. - Ele é um homem muito famoso e respeitado. Nós nunca tivemos nenhum contato com ele.

- Pois eu tive. E me arrependo profundamente. - ela diz, com um tom de amargura e rancor. - Ele me enganou, me usou, me humilhou. Ele me prometeu amor, mas me deu traição. Ele me prometeu felicidade, mas me deu infelicidade. Ele me prometeu fidelidade, mas me deu infidelidade. Ele é um canalha, um monstro, um demônio.

- Sentimos muito, Sra. Montéz. - Paulo diz, tentando consolá-la. - Sabemos como é difícil passar por uma situação dessas. Mas vamos te ajudar. Vamos descobrir quem é a amante do seu marido, e onde eles se encontram. Daremos as provas que você precisa para se divorciar dele e ficar com metade do seu patrimônio.

- Vocês podem mesmo? - ela pergunta, com um brilho de esperança nos olhos.

- Claro! - Pedro diz, confiante. - Somos os melhores no que fazemos. Temos muita experiência, habilidade e recursos. Podemos seguir o seu marido, fotografá-lo e grampeá-lo. Faremos tudo o que for preciso para te dar a justiça que você merece.

- E quanto vocês cobram por esse serviço? - ela pergunta, curiosa.

- Cobramos uma taxa fixa de dez mil cruzeiros, mais dois por cento do valor que você ganhar no divórcio. - Pedro diz, sem hesitar.

- Isso é muito caro. - ela diz, franzindo o cenho.

- É o preço da qualidade. - Pedro diz, sem se deixar intimidar. - Você não vai encontrar ninguém melhor do que nós. E não vai se arrepender de nos contratar. Nós vamos te dar o que você quer. E de quebra, vamos te dar sua vingança.

- Está bem. - ela diz, suspirando. - Eu aceito. Eu vou pagar o que vocês pedirem. Mas eu quero resultados rápidos. Eu não posso esperar mais. Eu quero me livrar desse homem o quanto antes.

- Você vai se livrar dele, Lola. - Pedro diz, sorrindo. - Nós vamos te ajudar. Iremos te dar as provas que você precisa. E de quebra vamos te dar sua merecida liberdade.

- Obrigada, Pedro. Obrigada, Paulo. - ela diz, se levantando e abraçando os dois detetives. - Vocês são uns anjos. São a minha salvação.

Ela pega a sua bolsa e o seu sobretudo, e se dirige à porta. Ela se vira e diz, com um sorriso malicioso:

- Vou deixar o meu endereço e o meu telefone com vocês. - estende um cartão de visitas simples, com seu nome e um telefone. - Me liguem quando tiverem alguma novidade. E não se preocupem com o pagamento. Eu vou depositar a primeira parcela na conta de vocês amanhã.

Ela sai do escritório, deixando os dois detetives atônitos e encantados. Eles se olham e dizem ao mesmo tempo:

- Sim, senhor. Que mulher!

Capítulo 3

Do céu ao inferno em um piscar de olhos

Os detetives iniciam seu plano para a campana. Sabem das dificuldades de seguir uma figura tao conhecida como ele. Terão que usar de toda sua astucia para não serem pegos. E precisam ser pagos. Não é todo dia que uma bolada assim cai no colo.

Lola pode ser um perigo em potencial, mas no atual estado das coisas, grana é grana.

Passam aquela noite verificando cada rota que o empresário faz e também como seus equipamentos. Paulo ficara com as máquinas fotográficas no carro e se possível gravará algumas conversas. Terão que ser rápidos pois a revelação dos filmes demandara de algum tempo. Na primeira semana apenas o seguem e confirmam alguns pontos vulneráveis em sua segurança. Diga-se de passagem que quase cogitam em desistir e devolver o dinheiro, de tão forte que é a segurança dele.

Utilizam diferentes carros emprestados e táxis, mas nada escapa deles. Parecem prever cada passo que dão, como se alguém os informasse de antemão.

Reminiscencias à parte, a vigilância chaga a ser monótona. Seu trajeto se resume em alguns prédios comerciais, restaurantes de luxo e sua residência. Vez ou outra, vai até o Clube Homs ou ao Edifício Itália.

Também frequenta, esporadicamente, o Edifício Martinelli, neste último fica lá por duas horas, saindo sempre escoltado.

Uma única vez que saiu do seu roteiro usual, foi quando esteve no Liceu, lugar estranho para um homem de sua posição.

Sua residência, no Jardim Europa, é a mais pura síntese do luxo e opulência. Pelo gramado meticulosamente cuidado, pode-se imaginar seu interior. Talvez valha uma visita.

Assíduo frequentador de um famoso restaurante, esta quase sempre desacompanhado, uma vez por semana está na companhia de Lola que aparenta estar muito feliz e não é nem de longe aquela mulher sexy e comedida que se fez pensar. Nesses raros momentos parecem estar felizes, rindo muito, quase perdendo a compostura, deixando cair o verniz que o cobre como empresário que é. Nos outros dias está com alguns homens sempre estão a tratar de negócios visto pelo tom formal que se portam.

A cada semana, Lola aparece no escritório para receber as atualizações, sempre tarde da noite, ouvindo atentamente o relato, observa as fotos e ouve as fitas das conversas, pelo seu semblante, parece estar decepcionada.

- Alguma coisa errado, Lola? - pergunta Paulo, estranhando seu comportamento.

- É que eu sempre achei que a essa altura já teríamos descoberto sua amante, mas é como ele mesmo me diz, "é somente trabalho". Talvez eu esteja alucinando e desejando ver algo que não existe.

Paulo e Pedro também compartilham de seu sentimento. Acreditam que seria algo simples, mas não que Lola que lhes desse dinheiro para cobrir os custos, ainda assim, eles sentem que talvez seja uma armadilha. Se ela é o bode expiatório ou se ela é o "cabeça" de um intrincado plano sabe lá para que.

- Bem Lola, - diz Pedro se levantando e se posicionando ao seu lado. - acredito que encerramos por hoje. Desculpe-nos se não temos o que você queria.

Ela volta aos poucos a seu personagem inocente e sensual, levantando-se delicadamente, auxiliada por Paulo que coloca seu casaco em seus ombros.

- Não, Pedro. Talvez vocês tenham me mostrado muito mais do que eu queria. Fico imensamente grata aos dois por ter dedicado seu tempo comigo.

- Ora, não é nada. Se você está satisfeita, só posso dizer que este é mais um caso encerrado.

Ela tira de sua bolsa dois pacotes de notas de dinheiro, e coloca na mesa.

- Aqui esta cavalheiros. O combinado e mais um bônus pelo inconveniente.

- Não precisa se desculpar. Afinal das contas, esse é nosso trabalho. Então, boa noite, Lola.

- Boa noite Paulo. Boa noite Pedro.

Pedro abre a porta, e aguarda que Lola atravessar o mais sensual possível o corredor em direção ao elevador e espera que as portas se fechem, para encerrar as atividades.

Paulo coloca os pacotes dentro de dois envelopes com seus nomes em cada um e os coloca, junto com todo material, dentro do cofre e aguardam aquela noite acabar, com uma dose de uma caninha.

Em silêncio, dentro daquela pequena sala, cada qual em sua cadeira ficam até o dia amanhecer refletindo sobre tudo aquilo.

- Sabe Paulo. Tudo isso não fez o menor sentido. Acho que estamos jogando com um baralho com cartas marcadas. E nós somos os patos.

Paulo se recosta em sua cadeira colocando os pés em cima da mesa e dá uma generosa tragada em seu cigarro, enchendo o ambiente com uma espessa fumaça, mas logo o apaga.

- Você tem razão. Dito isto, devemos ter cuidado com quem falamos e quem vem até nós. Agora todo cuidado e pouco, talvez estejamos correndo risco de vida. Não sabemos como ele vai reagir se descobrir o que Lola fez nas suas costas.

Pedro bate no tampo de madeira da mesa três vezes, espantando algum mau agouro.

- Vira essa boca pra lá. Esses caras não estão para brincadeiras. Nos somos um grão de areia para eles. Nos varrem para de baixo do tapete sem mais nem menos.

- Então meu amigo, temos que ser mais espertos que eles. Você ainda tem alguns amigos na polícia não tem?

- Amanhã mesmo vou falar com alguns deles, vamos ver no que dá.

O escritório está, depois da visita de Lola, com mais clientes e de diversos setores. Desde conselhos legais comerciais, até uma ação de partilha de um divórcio. Não é a área deles, mas tudo leva a uma conta bancaria recheada.

Entre esses pequenos serviços, um se destaca uma visita inesperada de um oficial da justiça.

- Bom dia. Eu sou Ricardo Assis, assistente da promotoria.

Paulo e Pedro se levantam formalmente, enquanto Paulo estende a mão para cumprimentá-lo mas não recebendo a mesma cordialidade.

- Quanta honra. Em que podemos ajudar a promotoria?

- Vou tentar ser direto. Recebi algumas, digamos, solicitações de algumas pessoas de que vocês ou um de vocês seguiriam alguém. Esta informação procede?

Pedro, ficando em postura mais rígida, fita o promotor, mesmo sabendo que não é páreo para ele.

- Veja bem Ricardo. Posso chamá-lo assim? Se, digo isto hipoteticamente, estaríamos seguindo alguém e nesse caso só o faríamos se nosso cliente nos pede com todo embasamento e sempre fazemos uma entrevista para ver se há veracidade e necessidade do pedido. Se ele insistir, então pedimos escusas e terminamos o assunto por ali mesmo.

- Mesmo que ele insista muito?

- Mesmo que o cliente o faça de joelhos.

- Veja bem, a integridade da pessoa é inviolável. Seguir alguém já é uma infração e ainda mais com a intenção de causar embaraços. Isto ocorreu?

Paulo só ouve o jogo de palavras e pensa em uma saída.

- Nem uma coisa nem outra. E nosso hipotético cliente tem um contrato conosco todo sigilo que pudemos fornecer.

- Então serei forçado a solicitar um mandato. Bom dia, senhores.

Paulo e Pedro devolvem o cumprimento e permanecem em seus lugares mostrando relaxamento, mas escondendo um nervosismo dentro deles.

Assim que fecha a porta e ouvem o sinal do elevador, desfazem seus personagens.

- Que enrascada! Que barca furada que ela nos colocou, não?

- Nem me fale. Com tudo isso, podemos perder a licença e até ir para a cadeia.

- E agora, o que vamos fazer com tudo isso? - aponta para o cofre onde ainda se encontra todo o *dossiê* e o dinheiro. - Destruir tudo ou devolver para Lola?

- O certo é devolver todo material para ela e acabar com essa estória. Ficar com isto e o mesmo que estocar gasolina perto do fogão.

- Você vai falar com ela?

- Vou marcar em um lugar seguro e deixar nas mãos dela essa bomba.

- Isso vai ser fácil. E o dinheiro, como vai justificar tanta grana?

- Vou devolver o bônus e ficar só com nosso parte do acordo. Vai ser melhor assim.

- Caramba! Agora que achei que íamos tirar o pé de miséria!

- Melhor ficarmos como estamos do que atrás das grades.

– Sim senhor.

Capítulo 4

Uma Semana Difícil

Meses se passam e nunca mais tiveram notícias de Lola, nem nas colunas sociais. Parece que não quer mais ser vista em público ou seu marido esteja passando por uma crise de ciúmes. Nada disto importa, o serviço foi feito, pago e encerrado. Paulo se pergunta por que cargas d'água este assunto ainda o esta incomodando tanto?

Até o Promotor sumiu, deixando-os ainda mais tensos. O que planejariam?

Para quebrar a rotina põe-se a agir como detetives consultores para policiais que estão com dificuldades com seus casos, sempre com muita discrição. Já estão muito enrolados.

No fim do dia, no escritório, Pedro lê um jornal em sua mesa e Paulo está jogando dardos sem se importar em marcar pontos, apenas para fazer um pouco de barulho.

- Sabe Paulo, quase tenho saudades de quando aquela mulher entrou pela primeira vez, nos pegando de surpresa.

Pedro coloca de lado o jornal e apaga o cigarro ao mesmo tempo que dá uma última baforada.

- Também me pego pensando nela e no seu ciumes doentio. O homem podia até ser duro e um pouco autoritário, devido sua natureza, mas convenhamos que ela é uma dondoca acostumada a ser paparicada e ele talvez não correspondendo suas expectativas românticas, criou esse discurso de que ele mantinha uma concubina. Fora isto, é um cara normal, com suas cargas de frustrações. Bolas, quem não tem?

Paulo pega o jornal e o folheia sem muito interesse, passando pelo caderno de palavras-cruzadas. Não conseguindo se concentrar em nenhuma, abre na seção de obituários e seu sangue congela o empalidecendo, assustando Pedro.

- Que houve, homem? Está passando mal?

Paulo dobra o jornal na página que está lendo e coloca na mesa, com o artigo voltado para ele.

- Por São Jorge!! Era por isso que nunca mais ouvimos falar dela!

Pedro se recupera do choque, recostando na cadeira.

- O que será que aconteceu? Será que ela disse a ele que o estava investigando e ele ficou com os nervos a flor da pele e a matou?

Imaginei que ela tinha conseguido seu intento ou se mudado mas não desse jeito.

- Olha Pedro. Sei que o que eu vou dizer vai parecer tolice, e das grandes, mas não deveríamos investigar a causa de sua morte? Quero dizer, talvez nós devemos isto a ela, não sei.

Paulo apenas observa seu amigo, tentando ver além daquela máscara.

- Você estava apaixonado por ela, não estava?

- Olha, não vou mentir, Paulo. - se levanta e se serve de um cigarro de cima da mesa de Paulo. - Sim e não. Sim, era uma mulher deslumbrante, capaz de fazer qualquer homem perder a cabeça por ela? Talvez, quem sabe não fosse apenas uma garotinha assutada e criou esse personagem para se defender. Sim, quem não se apaixonaria por ela? Quem não daria tudo a ela com um simples estalar de seus dedos, somente para ter a oportunidade de beijar seus pés?

Eu não sou desse tipo de mulher, gosto das mais simples, do tipo que pode arrancar sua cabeça com uma panela e ao mesmo tempo fazer amor como se fosse morrer no dia seguinte. Mulheres complicadas são difíceis de lidar.

Nem bem termina de falar. O telefone toca e Paulo rapidamente atende.

- Paulo, falando. Sim senhor. Estamos a caminho.

Pedro sem entender, franze o cenho, tirando um sorriso malicioso de Paulo.

- Para onde <u>nós</u> vamos?

- Para um lugar onde você encontrara suas repostas.

- Que diabos é esse lugar?

Enquanto pega seu chapéu e o casaco, olha para Pedro com ar brincalhão.

- Ora, para o necrotério.

Pedro mal pode esconder sua ansiedade e surpresa, arrancando o chapéu, quase derrubando o cabide.

13

Em seu escritório, exatamente em um dos últimos andares do <u>Edifício Martinelli,</u> o marido de Lola está com um semblante soturno. Olha para um porta-retratos com a fotografia deles em cima da mesa. Degusta um gole do Whisky de seu copo de cristal que reflete o pálido brilho da luz que atravessa uma fenda nas cortinas da enorme janela.

Tem seus olhos marejados e, em silêncio faz seu luto pela mulher que há tempos por quem tinha se apaixonado.

Subitamente a grande porta de dupla folha do outro lado da imensa sala, se abre vagarosamente e um rapaz de aproximadamente vinte anos, trajando um terno de fina camisaria em um tom azul mais escuro, impecavelmente alinhado. Ele fecha a porta atrás de si, fazendo com que fechadura emita um clique suave.

- Adriano, entre. Precisamos conversar. Sente-se.

Ele é uma espécie de assessor/secretário/porta-voz. Também é a coisa mais próxima de um amigo que Ricardo já teve.

Tem uma memória prodigiosa, capaz de memorizar um cem números de eventos mantendo sua agenda sempre em dia.

Carrega consigo, um bloco de notas no bolso de seu paletó, sempre pronto para anotar um memorando ou redigir uma carta.

- Bom dia, senhor. Qual é nossa agenda de hoje?

- Não, meu caro. Hoje não é por trabalho que você está aqui. E sim por ela.

Vira o retrato com desleixo, deixando-o virado bem a vista de Adriano.

- A propósito. Minhas condolências, senhor. Deseja cancelar os compromissos de hoje? Posso transferi-los para um horário mais propício.

- Muito bem, obrigado. E também gostaria de ficar sozinho hoje. Não quero ver ninguém.

Faz uma pausa dando o último gole de sua bebida, batendo com o copo no tampo de sua mesa.

- Sabe, ela era uma boa companhia. Tinha suas neuroses e defeitos, mas quem não os tem? Somente sinto de acabou dessa forma. Gostaria de ter um pouco mais de tempo, mas todos devemos ser os senhores de nossas escolhas e arcar com elas.

Adriano apenas o segue com seu olhar luminoso. Seus olhos castanhos claros, poderiam ser um farol em uma tempestade, caso tivessem luz própria.

- Posso cuidar dos preparativos do funeral, se desejar.

- Sim, por favor, faça isso. E uma cerimônia discreta, somente os familiares mais próximos.

- Perfeitamente, como desejar. Mais alguma coisa?

- Não, Adriano. Obrigado. Por hoje é tudo.

- Então, com sua licença.

Adriano poderia ser confundido com uma entidade. Caminha praticamente sem fazer nenhum som, de tão furtivo. E sua compleição física esguia o ajuda a ser discreto.

🏰

Paulo e Pedro chegam ao necrotério e são recebidos pelo legista.

A visão do cadáver de Lola nem de longe representava aquela garota estonteante. Parece que não só lhe tiraram a vida, mas toda sua dignidade, deixando-a com uma expressão de que fosse apenas uma garota ordinária, que outrora tivesse achado o bilhete premiado.

Sua tez estava pálida e os ossos de seu rosto saltavam aos olhos. Seus lábios, outrora rosados e carente de um toque, estavam secos e duros como couro cru. Apesar de suas pálpebras estarem cerradas, ainda podia-se ver que a sua cor tinha desaparecido.

Com seus ombros a mostram, vão na mesma direção, todos seus ossos a mostra, devido a perda de massa adiposa e muscular.

Sua lividez contrastava com a lembrança de que os detetives têm dela, de quando a viram pela primeira vez.

Mantêm uma posição mais fria possível, evitando expor seus sentimentos, nem que seja por um segundo.

- Então doutor, qual foi a causa da morte? - pergunta sendo o único a sair do estado hipnótico.

- Veja, – o médico aponta para a parte inferior da mandíbula, de ambos os lados. - trauma por enforcamento. Posso dizer que, quem o fez, não precisava ser tão forte. Ate uma mulher franzina poderia tê-lo feito.

Pedro observa as marcas e parecem pequenas.

- Alguém usou somente as mãos?

O médico desvela os braços da vítima e mostra as mãos de Lola.

- Aqui. Suas unhas estão intactas. Não há sinal de nada, nem de tecido, nem pela humana. Espere.

O médico pega a ficha dela e folheia algumas páginas e encontra o que queria.

- É difícil determinar, mas havia sinais de álcool muito acima de que o corpo dela poderia suportar.

- Traduzindo, ela estava bêbada como um gambá.

- Sim. Devia já estar em coma alcoólico.

- Supondo que estivesse bebendo e se sentindo feliz, não notaria quando estivesse chegando ou ultrapassando seu limite?

- Possivelmente não. Talvez quando percebesse, já estria sentindo os sinais da fadiga. E outra coisa. Oficialmente coloquei como causa mortis por estrangulamento, mas ela já estava morta mesmo antes de a estrangularem. Totalmente desnecessário. Talvez em uma ou duas horas sem ajuda, ela morreria de qualquer forma.

Pedro fica indignado e tem um acesso de raiva, surpreendendo até mesmo Paulo.

- Pera lá, doutor. Quer dizer que se não fosse pelo exagero na cana, ela poderia estar viva ainda?

O médico coloca de lado a prancheta e tira do bolso de seu jaleco, um lenço limpando seus óculos, tentando ganhar tempo para responder.

- Veja, até aquele momento ela era uma bomba relógio, mas esperaram até o momento certo só para agilizar as coisas. Estavam com muita pressa ou era para dar um recado. Nunca saberemos.

- De qualquer forma, obrigado, doutor. E me desculpe pela explosão.

Pedro e Paulo saem dali taciturnos e retornam ao escritório, em silencio que traduzia os seus sentimentos. O clima foi pesado até o fim do dia.

Antes de entrarem no prédio, passam as vistas nos jornais da banca e vê um anúncio da passagem de Lola. Observa que a data do enterro será no dia seguinte, reservado apenas (o apenas grifado e em letras garrafais), reservado apenas para membros da família mais próximos.

Não é nosso caso. Deixa pra lá.

🏰

16

Naquela mesma noite, uma neblina espessa encobria boa parte das ruas da cidade, sendo apenas atravessada pelos policiais e um ou outro notívago. O silêncio era o senhor absoluto dali.

O Viaduto do Chá em sua imponência, com sua estrutura de ferro já apresentando algumas marcas da ação indelével do tempo, ainda conserva sua majestade, observando o Vale do Anhangabaú como um monarca sobre seus súditos.

Seu piso de madeira que sustenta os trilhos dos bondes, agora inoperantes, jazem em silêncio.

Duas figuras trajadas com pesados casacos escuros cobrem-nos quase por completo, encimados por chapéus-coco, um grosso cachecol de lã e luvas de couro de carneiro, caminham na direção do Largo de São Bento. Divisam uma outra figura solitária, tão funesta quanto eles, que parecem se reconhecer. O trio se encontra exatamente no meio da estrutura entre as brumas que os encobre da visão de algum curioso. Conversam rapidamente e quando o solitário saca uma pistola Colt modelo 1911 e aponta para um dos homens da dupla, que tenta fugir mas seu acompanhante segura-o fortemente pelo braço, impedindo que fuja. Apenas tem tempo de reagir a dois tiros do calibre quarenta e cinco, caindo pesadamente sobre seus joelhos e logo tomba sem vida no calcamento, enquanto é observado pelos dois homens para terem certeza que está morto.

O atirador também de luvas de couro, coloca a arma entre as mãos do falecido e a posiciona sobre seu peito. Desaparecem rapidamente no nevoeiro no sentido da Avenida Rio Branco.

⛭

Naquela manha, quando estão para abrir o escritório, estão à espera dos detetives, o promotor e dois policiais armados, com uma ordem de prisão para Pedro.

- Pedro Silva. Você está preso pelo assassinato de Lola Montéz e Adriano Augusto. Você conhece o procedimento, mas advirto para que fique calado.

Paulo antevendo uma reação de Pedro, se manifesta.

- Calma, Pedro. Vou chamar nosso advogado.

- Ele pode fazê-lo da delegacia.

17

- Nem pensar. EU mesmo vou fazer a ligação daqui. Com licença.

Paulo irrompe à sua sala, afastando os policiais com os ombros e batendo a porta na cara deles.

O promotor fica cara a cara com Pedro com um ar ameaçador, sendo afastado pelo sargento.

- Sabe, nunca fui com sua cara mesmo. Agora está provado. Um assassino frio.

O sargento tenta acalmar os ânimos colocando o promotor de lado.

- Calma senhor. Ele já sabe disso. Vamos fichá-lo e aguardar seu advogado, certo?

- Certo. Vamos nos ver mais tarde, detetive.

No carro, com o promotor na frente e Pedro entre os policiais no banco de trás, o sargento tenta puxar conversa.

- Caramba, Pedro. Pensei que você fosse mais esperto. Se engraçar com a mulher do magnata. Por essa eu não esperava. O que você tinha nessa caixola? Que era ia deixar o milionário para ficar com um pé-rapado como você? Acha mesmo que estava apaixonada? Cara, isso foi bem estúpido, para dizer o mínimo.

Na delegacia, todos estão atônitos pela chegada de Pedro algemado e escoltados por dois policiais. O sargento chama pelo oficial de dia.

O oficial do plantão conhece Pedro desde sua infância. Foi ele que o incentivou a entrar para a Corporação e o ajudou a se graduar. Não pode acreditar que ele seja um assassino frio.

Pedro o encara com um sorriso amável.

- Vamos lá, garoto. Não precisa ficar chateado. Isto vai passar, não é nada. É mais um rolo entre outros que eu me meto.

Após fichá-lo e colocá-lo na cela, o rapaz o olha demoradamente.

Pedro tira seu paletó e afrouxa sua gravata, deitando-se na cama de colchão de molas que range ao seu peso, cobrindo os olhos com seu chapéu.

O rapaz incomodado com aquele tratamento, chama sua atenção.

- Quer café?

Sem tirar o seu chapéu responde calmamente,

- Só se não for te dar trabalho.

- Que se dane! Não é assim que se trata um amigo.

— Você é um rapaz legal. Se afaste de mim e siga a sua vida. Dá o fora daqui, senão o sargento te dá uma punição. Eu conheço aquele bode rabugento.

O dia começa preguiçosamente na cidade. O sol desponta timidamente e com os prédios lhe fazendo resistência. Os ambulantes, madrugadores, puxam seus carroções em direção aos seus pontos de venda.

No Viaduto, não nenhuma atividade, apenas o vento gelado que afasta os últimos resquícios da neblina da madrugada gelada.

Um pobre trabalhador solitário, ainda torpe pela noite maldormida e ávido por um café quente e talvez um pãozinho na chapa, interrompe de seus devaneios com a visão, ainda turva, o que parece um homem bem-vestido deitado no pavimento. Tomado por uma curiosidade, avança em sua direção.

Ele não é um batedor de carteiras, nem tão pouco um bandido, mas se ele tiver pelo menos vinte cruzeiros, pode fazer uma surpresa para sua esposa.

Rapidamente vasculha os bolsos, mas logo sente algo úmido e ligeiramente quente em sua mão. Pensa que o sereno da madrugada o tivesse encharcado. Retira-a e se o horror toma conta de suas feições, vê que esta toda suja de sangue. Assustado, grita tão alto, que este ecoa pelo vale do Anhangabaú, que em alguns minutos aparecem dois policiais e encontram o pobre homem debruçado sobre o cadáver, mortificado de medo.

Trêmulo, volta sua atenção para os policiais e mostra sua mão tingida de vermelho e pingando algumas gotas sobre o defunto.

Na delegacia, entram com o atônito ambulante em estado de choque, a todo tempo negando que tinha matado "ele".

Prontamente é fichado e colocado na cela ao lado de Pedro, que toma seu café com um pão amanhecido.

Pedro nota que o homem esta apavorado e se aproxima das grades.

- Tudo bem cara, toma aqui. - divide o pão com o homem, que mostra suas mãos ainda sujas de sangue.

- SARGENTO! HEY, SARGENTO!

- Que foi Pedro, vai reclamar que o pão estava borrachudo?

- Também. O cara está com as mãos sujas. Tenha dó, Sargento. Aí já é demais. Não dá para ele lavar as mãos?

- Vou ver o que posso fazer.

- Aproveitando, pode trazer dois pães na chapa?

- Não quer você ir buscar?

- Então abre a cela que eu até trago uns pães doces.

- Muito engraçado você.

Rindo forçadamente, o sargento deixa a carceragem deixando a dupla. Pedro consegue deixar o homem mais calmo.

- Toma amigo, o café esta meio frio, mas vai te fazer bem.

Conversam um pouco sobre a história de cada um e o homem até consegue descansar, dormindo pesadamente e logo Pedro se vê novamente sozinho naquele ambiente frio.

O garoto entra em silêncio, mas fica distante apenas observando. Pedro nota sua presença, fica quieto esperando que se manifeste.

Pedro se senta na cama e encara o menino friamente.

- Muito bem, garoto, tem minha atenção, desembucha.

- Eu pensei no que você falou e minha conclusão parece ser obvia.

- Se você não falar logo, eu volto a dormir, desembucha de uma vez. - diz visivelmente irritado.

- Vocês precisam de um colaborador, alguém de dentro para alertá-los desses perrengues.

Pedro se levanta, um pouco mais amigável e num tom de voz mais baixo, encosta nas grades.

- Olha garoto, eu agradeço a oferta, mas este não é um trabalho de meio período. Vai te colocar em mau lençóis e pode ate ser expulso da corporação. Não, obrigado. Não quero mais esta culpa sobre meus ombros. Agora vai arrumar o que fazer.

Volta a deitar na cama, fazendo barulho intencional.

O garoto, visivelmente decepcionado sai de cabeça baixa e bate a porta.

- Você foi muito duro com o rapaz. Tá na cara que ele nutre um amor paterno. Ele é órfão?

Pedro vira o rosto e percebe que o homem esta desperto.

- Você pode até ter ouvido, mas não entende que estou tentando protegê-lo.

- Ah, sim. Proteger, de quem? De você? Ele pode ser novato, mas é um tira, ele pode sobreviver. E o que você fez? Criou uma ferida no coração dele. Quando ele voltar, reconsidere. Ele pode ficar tão amargurado, pode ate pensar que a vida não vale mais a pena.

- E o que você sabe disso? Qual é a sua história?

Meu amigo. Eu sou a prova viva que eu já fui como esse rapaz. Tudo que ele está passando, aconteceu entre mim e meu pai. Perdi tudo que tinha na vida, até o respeito próprio. Felizmente há alguns anos, encontrei uma pessoa que me tirou de poço. A amo de todo meu coração, faço tudo por ela e ela me devolve com amor sincero. Agora, se puder me fazer um favor, peça ao seu sargento que busque minha senhora até aqui, senão ela me mata se eu não aparecer. Obrigado.

🏭

Algumas horas mais tarde, adentra a carceragem a esposa do homem, uma moça de aproximadamente trinta anos, um metro e sessenta de altura, esbelta, com uma aparência desgrenhada mas até que bonita. A primeira coisa que Pedro nota são seus olhos carregados de raiva. Mas quando ela vê seu amado, se desvencilha dos policias e corre para ele agarrando as barras que, se tivesse força suficiente, as teria as arrancadas e dado na cabeça dos policiais.

Quem também a acompanha é o advogado de Pedro.

- Obrigado por ter vindo, doutor. Antes de mais nada, sera que não poderia ajudar o meu vizinho aqui? É só um pobre trabalhador. Não tem necessidade dele estar aqui.

- Claro! Vou ver o que posso fazer. Falando nisso, você estará solto assim que o sargento trouxer as chaves. Ah! Que feliz coincidência! Olha ele vindo aí.

O sargento abre a cela de má vontade e com uma cara carrancuda encarando Pedro.

Pedro sai, mas volta para a frente da cela vizinha a sua.

- Você é um bom homem e gostaria de parabenizá-lo. E você moça, cuida dele que ele merece.

O sargento volta com o advogado e libera o cativo. A moça com um semblante enraivecido se dirige para o sargento com uma voz dura para uma moça de feições tão delicadas.

- Perdemos nosso único ganha-pão. E agora como vamos sobreviver?

O advogado se interpõe na disputa, antes que ela faça alguma besteira.

- O senhor pode passar amanhã cedo no meu escritório? Creio que minha proposta será do seu interesse.

- Posso confiar que é coisa honesta?

- O senhor não é Angelino dos Anjos?

- Sim. Como sabe meu nome?

- Eu o reconheci. Estive em uma de suas palestras. O senhor foi fonte de inspiração para eu entrar nessa nobre carreira.

Pedro em choque, não esperava por essa revelação. Um carroceiro que já foi titular de uma cátedra.

A esposa agarrada ao seu marido, o beija e procura ver seu ele esta bem, chora em seu ombro copiosamente, agarrada a única coisa que lhe é de valor.

Angelino assente positivamente, beijando a testa de sua amada.

- Muito bem, se já resolvemos nossas pendências, eu o convido para almoçar e não quero desculpas. Este é um momento de celebração.

A felicidade está estampada no rosto do casal que é todo agradecimento.

Paulo aguarda ansioso por notícias, andando de um lado ao outro na pequena sala e vez ou outra, olha pela janela, aguardando pela chegada do carro do advogado.

Em uma dessas espiadas, nota um sedã preto frente de quatro portas, estacionado do outro lado da rua.

No inicio pensava que seria um carro de aluguel ou de alguém aguardando pelo seu ocupante, mas esta ali, pelos seus cálculos, a pelo menos duas horas, tornando-o muito suspeito.

Olhando para o outro lado, vê o carro do advogado dobrando a esquina e no mesmo momento, três ocupantes descem, permanecendo um no volante. Atravessam a rua correndo, alcançando o advogado assim que eles param.

De sua posição, Paulo só pode ouvir o estampilho de três tiros. Sua visão esta bloqueada pelo parapeito. Sua reação é imediata, saindo correndo pelos corredores e descendo as escadas pulando os degraus, alcançando o saguão, indo em direção do carro.

Nesse momento, já se formou uma pequena multidão que Paulo afasta os curiosos, os empurrando.

No banco do passageiro, vê Pedro sem vida, com a cabeça tombada para trás e os braços pendurados com dois buracos de bala, um acertou o pescoço e o outro acertou a têmpora, este sendo fatal, horrorizando Paulo.

Seu transe se desfaz quando ouve o gemido fraco do advogado que conseguiu sair com vida, apenas com uma bala alojada em seu ombro.

Em poucos minutos, já havia uma turba considerável dificultando a passagem das viaturas oficiais. O som estridente ecoa apesar do barulho intenso naquela estreita rua.

Os policias de uma brigada, conseguem afastar os curiosos e isolando o automóvel e facilitando a remoção de ambos.

Também há uma série de jornalistas da imprensa escrita e radiofônica já se encontravam no local, ávidos por uma informação qualquer do ocorrido.

Na frente do hospital, já há uma estrutura radiofônica montada, aguardando qualquer nota dos médicos, enquanto no necrotério o clima e é ainda mais pesado.

⛟

A noite cai e os ânimos vão se acalmando e quase tudo volta a sua usual rotina.

Os serviços se encerram e o doutor Carlos se prepara para finalizar seu turno, quando recebe uma visita sorrateira de Ricardo Montéz. Entra sozinho deixando seus guarda-costas na entrada garantindo privacidade.

23

Carlos está sentado a sua mesa, em numa penumbra, apenas quebrada pela tímida luz de um abajur de sua mesa.

Ricardo fica alguns minutos entre a porta apenas observando o médico trabalhar esgotado.

- Boa noite, Carlos.

- Meu Deus! Que susto. - ele move a luminária para revelar de quem a voz.

- Ah! É você, Ricardo. Um dia desses você vai me matar do coração. Ia ser uma licença poética, "Médico legista morre de infarto fulminante dentro do necrotério".

- Seria mesmo engraçado.

- Falando sério. O que eu posso fazer por você?

Ricardo fica em silêncio, tomando folego e reunindo coragem.

- Quero vê-la. Uma última vez.

- Sabe que ela não é mais a mesma, não sabe?

- Eu compreendo. Mas devo isso a mim mesmo. Eu realmente quero vê-la. Eu preciso!

Ricardo faz uma pausa reunindo forças para não precisar implorar ainda mais para seu velho amigo.

- Por favor.

- Tudo bem, amigo. Venha.

O médico abre a grande gaveta onde está o corpo de Lola. O que veem, assusta Ricardo, fazendo com que fique em choque e chore emocionado, amparado por Carlos.

- Aqui, sente-se. Tome um pouco de água.

Fecha a gaveta e volta sua atenção para seu amigo que se encontra em situação deplorável, puxando uma cadeira para lhe fazer companhia.

Ambos ficam um bom tempo na penumbra. Ricardo leva as mãos ao rosto e chora ainda mais.

Carlos chama os seguranças que o erguem delicadamente o apoiando para a saída.

- Nem uma palavra sobre isso. O homem já sofreu demais.

- Pode deixar doutor. Ele vai direto para casa.

- Então, boa noite.

O médico aguarda a saída do trio e quando ouve o som do trinco da porta, enfia as mãos nos bolsos do jaleco e permanece pensativo naquele lugar fúnebre, apesar de sua extrema limpeza e organização.

Abre novamente a gaveta dela, deixando apenas seu rosto a mostra e a contempla, na esperança de que vá encontrar algo diferente.

- Queria que pudesse dizer quem te fez isso.

O rosto de Lola está ainda mais pálido e as órbitas, ainda mais fundas e arroxeadas. Seus lábios que antes eram carnudos, agora estão quase desaparecendo, deixando seu aspecto ainda mais fantasmagórico.

Após alguns minutos, fecha a gaveta ruidosamente, para depois apagar a luzes e deixar o ambiente na mais profunda escuridão.

⚒

Dias se passam, e Paulo está diante de alguns recortes de jornal que colecionou desde do início deste caso.

Artigos sobre alguns pequenos escândalos envolvendo Lola. E no oposto desta linha, reportagens sobre as conquistas sobre as conquistas intelectuais de Adriano.

Lola era uma mulher extravagante. Por quê? Será que escondia outra personalidade, uma que fosse sua verdadeira?

E Adriano, um gênio precoce que acaba como "secretário" de um dos mais poderosos e perigosos homem de negócios de São Paulo?

Nada disso faz sentido. Como uma dupla tão antagônica pode alguma ligação?

Sua divagação é interrompida por uma necessidade de sair do escritório e respirar um pouco do ar de fora, sentindo um gigantesco desconforto.

Decide encerrar suas atividades naquele dia e esquecer por um minuto toda aquela estória pode terminar mal.

Nem bem pisa no calcamento, percebe alguns homens dispersos se passando por transeuntes, que naquele momento não deveriam estar ali naquela rua semideserta.

Fica parado alguns minutos na entrada do prédio e acende um cigarro. Andando aparentando despreocupado, caminha aleatoriamente pelas ruas do centro até encontrar uma rua estreita, se embrenhando num canto escuro, se esconde na escuridão.

Aguarda passarem, e com um caibro nas mãos, acerta a cabeça do último, colocando-o fora de combate. Avança contra os outros dois, empurrando outro contra deixando ele lutar contra os montes de sacos de lixo sobrando o "líder". No instante que terminaria com ele, sente uma dor intensa no alto de sua cabeça e logo a perde os sentidos.

Acorda com a cabeça latejando e sua visão embaçada, sua visão demora para voltar vendo apenas vultos e uma luz intensa atrás de um homem dificultando sua identificação.

Com o tempo consegue distinguir o ambiente e reconhecer os presentes.

São três homens alinhados de frente para Paulo, que está sentado em uma cadeira e amarrado pelas mãos atrás do encosto. O que está no centro só é visível sua sombra, os que estão ao seu lado provavelmente são seus seguranças.

O ambiente se parece com uma fábrica de materiais de construção ou um depósito destes materiais, pela quantidade imensa de poeira e do descuido.

O homem que está a sua frente, se levanta ainda deixando sua identidade oculta pela sombra.

- Olha, Paulo. Vou fazer algumas perguntas e dependendo das respostas, você sai ileso ou não, estamos nos entendendo? E para você não achar que estou blefando, aqui vai uma amostra.

Ele assente com a cabeça e Paulo sente um forte golpe seco em seu rosto de algo metálico, arrancando sangue de sua boca, cuspindo em seguida.

- O que? Uma amostra? Caramba, cara. Tinha que ser com um soco-inglês? Covardia.

- Você gostou? Comprei só para você. Veja como ela é especial.

- Enfia no seu...

- Cale-se! – a voz do homem que comanda o interrogatório se faz reverberar, deixando um silêncio intenso logo em seguida.

- Tá bom chefe. Pode perguntar.

- Na verdade vão ser só três. Se eu não gostar delas, bom, você já sabe. Veja, eu não queria ter chegado a esse ponto. Mas as coisas saíram um pouco do controle.

Paulo fica imaginando quem estaria interessado nessa estória além de Ricardo.

- Não é para isto que estamos aqui?

O homem se aproxima ainda mais de Paulo sendo visível apenas que esta trajando um fino terno. Ainda não pode ver seu rosto, a luz agora esta bem nos seus olhos forçando a olhar apenas para o chão.

- Talvez tenhamos interesses mútuos. Creio que se formássemos uma aliança nem que seja temporária, pode ser benéfico para ambos, que tal minha proposta?

- Olha, chefe. Quem sou eu para discordar? Quero, tanto quanto você, ver no que estou me metendo e aonde isso vai dar. Acho que devemos isso para ela, não concorda?

- Muito bem. Primeiro, o que Lola queria com vocês? E nem começa com o discurso de "segredos profissionais". O "Márcio" esta sedento para te dar outra amostra.

- Acho que a essa altura todo mundo já está sabendo. Ela queria que seguíssemos seu marido para descobrir uma suposta traição e pegar metade de seus bens. Quando ficou decepcionada, pagou o serviço e fim de conversa.

O homem parece mais relaxado mas ainda encara-o desconfiado.

- Então, onde estão os negativos e o dossiê?

- Pedro entregou para Lola. Ele foi sozinho ao encontro para não levantar suspeitas. Devolveu inclusive o bônus.

Paulo pode notar uma leve expressão de surpresa em sua atitude.

- Bônus? Que bônus?

- Ela nos deu um extra pelo incomodo, ainda que foi satisfatório. Sabe, uma gorjeta.

- E depois vocês fizeram uma cópia para sua segurança.

- Claro que não. Como disse, Pedro entregou todo material e o dinheiro. Ficamos apenas com a parte do combinado.

- E Adriano, como ele se encaixa nesta estória?

É Paulo que fica surpreso por ter mais um jogador nisso.

- Adriano? Quem é Adriano. Nem sei quem é ele.

O sujeito no lugar das mãos, dá um soco tão forte, que derruba Paulo com a cadeira, batendo com o rosto naquele chão empoeirado.

Aproveita da situação, assopra o chão, levantando uma fina poeira de cimento e areia. Talvez tenha uma ideia de onde esta.

É recolocado de pé "gentilmente" pelos seguranças e o homem se aproxima ainda mais, eclipsando Paulo.

- Se eu souber que você ou seu amigo mataram garoto, por Deus eu juro, vocês não verão a dia raiar.

Paulo olha para ele, mesmo não podendo ver seu rosto, pode adivinhar sua raiva estampada na sua cara e exibe um sorrisinho malévolo de uma pequena vitória.

- Então alguém passou a sua vez.

- Por que você diz isto?

- Pedro foi morto há dois dias e quase mandam nosso advogado para junto de São Pedro também.

O homem recua e é possível perceber que ficou espantado, sem argumentos. Faz um sinal para seus capangas e saem em silêncio, deixando Paulo só e com as mãos atadas.

Paulo se arrasta por aquele chão empoeirado, procurando se apoiar em uma coluna daquele galpão. Com alguns movimentos coordenados roça a grossa corda contra a quina desgastada, conseguindo arrebentá-la, sai a esmo procurando a saída.

Algumas horas se passam e consegue voltar para seu escritório para, pelo menos, trocar de camisa e um paletó decente.

Para sua surpresa, encontra o doutor Álvaro, lutando contra um torniquete e um ombro enfaixado, para acender o cigarro.

- Ora vivas, que bom vê-lo novamente, doutor.

- Gostaria de ter esse seu entusiasmo. Ainda estou me recuperando.

- Me desculpe. É que eu tive uma entrevista que quase me matou.

- Estou vendo. Posso perguntar quem seriam eles?

- Não tenho certeza, mas acho que eram os capangas de Ricardo Montéz. Acreditaria se eu te dissesse que o próprio estava lá?

- E ele faz isto com você?

- Ele nem pôs suas mãos em mim. Deixou um grandalhão me golpear com um soco inglês. O sujeito bate como "boxer". Deve ter sido da liga amadora. - Paulo deixando o pano encardido de sangue. - Deixa pra lá. O que o traz aqui?

- Sei que não é do seu feitio, mas trouxe algo que você vai precisar.

Cláudio se levanta com dificuldade e abre a porta revelando uma mulher de quarenta anos, um metro e setenta de altura, perfeita. Seu rosto é maduro, apenas sorri delicadamente cumprimentando Paulo.

Veste um sóbrio tailleur escuro e sapatos pretos. Em seu pescoço ostenta o que parece algum tipo de animal, mas não pode precisar de que tipo.

Também usa luvas de couro marrom delicadas e curtas. Em seu antebraço carrega uma pequena bolsa preta e tem uma boina de veludo creme com um véu cobrindo parte de cima de seu rosto. Sua maquiagem é discreta e apenas seu batom labial é de um tom de vermelho mais escuro.

- Rita Andrade, ao seu dispor.

Paulo olha para Álvaro sem entender a situação.

- Ela vai ser sua secretária. Pedro era bom nessas coisas. Você vai precisar de uma ajuda mais profissional. E vou passar por aqui uma vez por semana. E nada de choro.

- Nossa, assim não me dá muitas opções. Tudo bem, eu aceito. Adianto, senhorita Andrade....

Ela faz um sinal com a mão o interrompendo.

- Paulo, venho de uma família de seis irmãos homens e eu a única mulher, tirando minha mãe que Deus a tenha. Sou mais do que qualificada de lidar além da papelada, alguns momentos de instabilidade emocional de alguns clientes.

- Bom, se você se for boa com a documentação quanto diz ser, pode usar aquela mesa. Você pode encontrar algo do antigo dono. Tome as chaves. Não se incomode, eu a limpo mais tarde.

Álvaro encara o detetive com um semblante desconfiado.

- Você está aceitando bem a morte dele.

- Até descobrir quem fez isto com vocês, não vou ter tempo para lamentar. Depois saímos para prestar uma homenagem ao nosso amigo. Se você quiser Rita, pode nos acompanhar.

- Obrigada.

Capítulo 5

A Vingança É Um Prato Que Se Serve Frio?

Paulo entra no escritório, nota que há um bom tempo que o ambiente não recebe uma faxina. Começa limpando as mesas e se livra de arquivos desnescessários.

Ao tentar abrir uma das gavetas do armário de pastas, uma está emperrada. Nem com toda sua força consegue abri-la não mais que alguns centímetros.

- Não pode estar fechada. As outras abriram. Por que cargas d'água não abre. Que diabos esta acontecendo aqui?

Irritado, força a gaveta de cima, conseguindo tirá-la, derrubando no chão causando um barulho que ecoa pelos corredores do andar.

- Agora o síndico vai me expulsar, isso se alguém não reclamar antes.

Espera por mais de uma hora e nem sinal dos condôminos, então segue com sua missão.

Consegue enfiar a mão esquerda, tateando até que encontra algo no fundo atrás da gaveta travada. Parece algo macio, como um tecido de qualidade. E parece que tem mais alguma coisa.

Sua curiosidade e a sua ansiedade estão mais altas que o <u>Edifício Altino Arantes.</u> Não vê a hora de desvendar esse pequeno caso.

Tenta de vários modos puxar o negócio, mas parece que bem grande e está irremediavelmente preso, impedindo que abra.

Liga para a portaria e pede que envie dois rapazes fortes para ajudá-lo a mover o pesado armário.

Em minutos, aparecem acompanhado do porteiro, os rapazes dispostos a usar sua força física.

Assim que conseguem tirá-lo do seu local de descanso, Paulo dá a cada um, vinte cruzeiros. Pegam as notas e saem em disparada.

Inicia uma árdua tarefa de retirar todas as gavetas, podendo assim tombar o gigante de aço e deslocar a gaveta presa.

Com muito esforço e alguns palavrões, consegue deslocar a teimosa gaveta.

O que encontra gela seu sangue. Uma grande bolsa feminina, praticamente a mesma que Lola usou no primeiro dia que ele a viu. Até o fecho com chave era o mesmo.

Paulo senta-se e abre com relativa facilidade o fecho simples com seu kit de arrombador.

Reúne coragem, afastando o medo do que poderá encontrar em seu interior. Apesar das janelas estarem abertas e clima estar mais ameno que o normal para o centro de uma grande cidade, esta suando em bicas e seus olhos parecem que querem saltar de suas órbitas. O medo se mescla com a curiosidade, fazendo com que tenha um tremor involuntário.

De seu interior tira pacotes e mais pacotes de dinheiro vivo. Cruzeiros e Dólares aos montes.

No fundo, escondido por uma fenda, há dois passaportes, dois brasileiros e um americano.

Retira todo conteúdo e organiza em pilhas. Um lampejo brilha em sua mente. Tem só a reação de trancar a porta e fachar as janelas, desligar o telefone e deixar somente as luminárias acima das mesas acesas.

Fica em silêncio e ainda mais assustado. Em dinheiro vivo tem mais de quinhentos mil cruzeiros e em dólares, pouco mais de dez mil.

Ele se prosta na cadeira e apenas contempla aquela pequena fortuna. Qualquer um podia sumir de vista com aquele dinheiro.

- É muita gaita. Como pretendiam sair do país com esse monte de dinheiro?

Pega um dos passaportes brasileiros e abre na identificação e fica terrificado.

- Não pode ser! Lola Montaraz?

Pega o outro e um medo perturbador toma conta dele, mas, mesmo assim, checa a identificação.

Apesar de algumas características estarem diferentes, reconhece a pessoa na foto.

- PUTA QUE PARIU! Pedro Silva? Que brincadeira é essa? Será que Lola estava nos enganando? Não! Pera lá. Pedro estava com ela desde o começo? Quem é ela? A chefe ou uma gaiata?

Paulo anda de um lado para outro como uma fera enjaulada, consumindo cigarros um atrás do outro.

Está tão nervoso que não tem mais controle de si, abrindo a gaveta secreta de Pedro, tira uma garrafa quase intocada de aguardente, que passa a esvaziá-la em um ritmo frenético, direto do gargalo.

Tudo não faz sentido, então recoloca tudo dentro da bolsa de qualquer maneira, escondendo-a atrás do vaso do banheiro.

Os passaportes coloca no bolso do paletó e rápido como uma bala, deixa o escritório como está e parte para o Edifício Martinelli, na esperança de entender a situação. Ninguém melhor para explicar essa bagunça senão Ricardo Montéz, ou seja, lá qual for o nome dele.

Na portaria do luxuoso edifício, pede para ser anunciado. O porteiro muito solícito pede que aguarde enquanto sai estrategicamente.

Ao invés dele retornar, quem o recepciona são dois brutamontes, seguranças particulares de Ricardo.

Paulo encara a dupla e reconhece um deles.

- HEY, lembro de você. Você deve ser o "Márcio", certo? Depois me lembra de mandar a conta do dentista.

- Vem com a gente.

Como bons amigos percorrem o longo corredor até um elevador específico. Dentro da cabine, "Márcio" aperta o botão de parada de emergência e dá um forte soco no estômago de Paulo, que cai de joelhos desacordado.

Eles tateiam os bolsos até que encontram os passaportes. É arrastado para próximo de Ricardo, que o olha com indiferença.

- Não é assim que tratamos nosso visitante. Coloque-o na cadeira.

Aos poucos se recupera da dor intensa, tenta se equilibrar, mas percebe que é inútil.

- Poxa, Ricardo. Eu venho para termos uma conversa madura e me manda esses gorilas para cima de mim. Você já foi mais cavalheiro. Estou decepcionado.

- Acredite. Eu não gosto de usar estes artifícios degenerados, mas preciso ser cuidadoso com quem vem até mim. Você veio me chantagear?

- Eu chantagear você? Não daria dois passos para fora deste prédio e iria para a terra dos pés juntos em um instante.

- Você me espanta, detetive. Achava que sua classe fosse mais rude. Acho que me enganei. Todos cometemos erros de vez em quando.

- E quanto a você? Perde um amigo próximo, uma esposa e alguns milhares de cruzeiros, além do fato de levar galho.

— Você se refere ao fato de que Lola tinha um caso com Pedro? Humpf! Eu sabia de tudo. Era somente uma distração para ela. Sabe, ela era doida. É algo que os médicos disseram, como era mesmo? Ah, sim. Transtorno de personalidade. Ela tinha varias Lolas dentro da cabeça dela. E era literalmente uma bomba relógio. Só precisava de um gatilho para colocar fogo em tudo. E sem remorsos.

Paulo fica alguns segundos tentando entender aquela bizarra situação. Parece um castelo de cartas desbando sobre ele.

- Mas não faz sentido. Lola morreu. E, segundo o legista, era questão de tempo para ela bater as botas. Fizeram um serviço que aconteceria de qualquer jeito. E Pedro foi assassinado a sangue frio. Quase mandam também o nosso advogado para a terra dos pés juntos. Eu colocaria todas as fichas em você, Ricardo Montéz, por duplo homicídio.

Ricardo ouve atentamente o relato de Paulo. Caminha até seu pequeno bar e enche dois copos com gelo e whiskey, servindo um o detetive.

Senta-se na cadeira de frente da sua mesa, estudando cada detalhe daquele detetive.

- Então, meu amigo, você perderia tudo. Lola era o amor de minha vida. Quando nos casamos, era tão jovens e sonhadores, foi como nos contos de fadas, eramos um poço transbordante de felicidade.

- Vivíamos um pelo outro e pela vida, não tínhamos incertezas. Tudo que fazíamos era intenso. Nem por um momento pensei que poderia perdê-la de uma hora para outra.

- Quando teve sua primeira crise, fiquei arrasado. Não poderia perdê-la. Com o tempo e o tratamento ela se recuperou e voltou a ser a minha Lola. De repente ela mudou drasticamente seu comportamento. Sumia por dias para meu desespero. Frequentava lugares mais sórdidos e sujos que nem mesmo você pode imaginar.

- Depois desse incidentes algumas personalidades mais dominantes se fundiram a sua, não sendo possível distinguir uma da outra. Nossa sorte é nenhuma destas era agressiva nem tinha tendências homicidas. Parece que era apenas uma válvula de escape para um mundo mais colorido.

Assustado, Paulo tenta assimilar toda aquela enxurrada de informações.

- Calma aí, Ricardo! Você está me dizendo que foi Lola que mandou matar Pedro?

- De fato. E também meu associado, Adriano, que eu tinha como um amigo próximo e um excelente profissional, que me auxiliava nas buscas de Lola, já que minha posição ficou mais elevada e não podia vagar pela cidade nem me expor nestes antros. Agora ele também se foi.

- E agora, o que pretende fazer?

- Deixar o país como era meu plano original. Talvez para os Estados Unidos ou para o Canadá. A única certeza é de que não tenho mais nada que me prenda aqui.

- Não vai querer saber quem matou Lola? Nem seu motivo?

- Para que? Somente para trazer mais dor e sofrimento. E conviver com o fantasma dela? Não, obrigado.

- Estive pensando se aquela que está no necrotério é mesmo Lola Montéz.

- O que o faz pensar isto?

- É certo nos não somos mais os mesmos quando morrermos. Mas com ela foi diferente. Parece que nem era muito parecida, não sei, só estou divagando. E outra coisa, cadê o corpo do seu amigo? Alguém o viu depois que ele foi embalsamado?

- Não. Eu paguei para fazerem o serviço e realmente não sei se tinha alguém para reclamar o corpo. Já estava abalado demais com a morte dela, que deixei tudo a cargo da funerária.

— Olha, não estou julgando você. E pode achar que estou louco, mas acredito que Lola estava atrás dos passaportes. Talvez sim, ela fosse te chantagear. E ia te dar trabalho.

Capítulo 6
Um Fantasma Para Assombrar

No bairro da Moóca, uma cena bucólica no entardecer se desenrola. Uma dúzia de crianças brincam na rua de paralelepípedo de todas as brincadeiras típicas da idade.

Algumas pessoas conversam no portão de suas casas ou montam uma mesinha com cadeiras na calçada. Os homens senhores e alguns idosos jogam carteado ou domino, sempre em alvoroço, entre risadas e xingamentos ora em italiano ora em idioma lusitano.

Quando as luminárias públicas acendem, indica que está na hora de se recolher. Como que coordenado, todos juntam seus itens e se despedem carinhosamente, para rumares para seus lares.

As crianças, mais desobedientes são chamadas pelas mães, que ameaçam a ir buscá-las pelas orelhas. E um sinal que devem entrar. Alguns mais teimosos e talvez desconhecendo o perigo, são trazidos pela orelhas como prometido, causando uma ruidosa gargalhada dos seus colegas.

Quase todos entram e a paz e o silêncio reinam naquela rua. Uma senhora espera impaciente no portão vigilante a para a esquina amassando seu avental de nervosismo.

Quando ela vê a filha de sua vizinha que chegava sempre aquele horário do cursinho, atende seu chamado.

Ana, você viu a Lola?

Vi sim, dona Renata. Ela foi até a sorveteria. Ela já deve estar voltando.

Dona Renata se mostra apreensiva pela sua filha sumir daquele jeito. O último ano foi devastador para a família por conta de suas crises. Seu pai teve um infarto que quase tirando sua vida. Sua mãe entrou em colapso nervoso, e se não fosse pela intervenção de sua irmã Conceição, teria sido internada em uma clínica psiquiátrica.

Trinta longos e angustiantes minutos de espera e agarrada ao seu terço, pedindo para que seu marido não apareça na porta.

Lola dobra a esquina andando como se não tivesse preocupações. Dona Renata parece um animal selvagem pronto a pular sobre sua presa.

- LOLA! Entre agora mesmo! Se seu pai pegar você ainda aqui na rua eu não sei o que ele pode fazer!

A moça fica estática saindo de seu transe, voltando para a realidade, só abaixa a cabeça envergonhada.

Dona Renata a abraça e em desespero, chora em seu ombro.

- Filha mia. Não suma mais desse jeito. Tenha dó de sua mãe.

A mulher em prantos, abraçada com sua filha, entram em casa deixando que o silêncio volte a reinar naquela rua.

🏭

Dias se passam e Lola é uma moça calma e atenta as suas tarefas. As amigas ficam de olho nela discretamente e sempre chamam sua atenção quando se distrai demais.

A rotina só é quebrada pela moça ter uma consulta obrigatória com um psicólogo, o que se faz muito difícil.

Algumas vezes se mostra solícita em suas respostas outras vezes dá respostas curtas, quais monossílabas. Em outras vezes fica em silêncio.

Após cada consulta, o médico conversa reservadamente com os pais, sempre tentando não assustá-los. Mas na última consulta, ele se mostra mais preocupado do que o normal.

- Dona Renata, receio que tenha más notícias. - Faz uma pausa escolhendo as palavras, senta-se numa cadeira próximo a dela.

- Sua filha tem o que chamamos de dissociação de realidade e transtorno de personalidade.

- O doutor poderia explicar melhor?

- É como se ele tivesse mais de uma Lola dentro de sua cabeça, lutando pelo controle. Por causa disso é que de tempos em tempos ela parece diferente.

- O que a gente pode fazer? Eu só quero minha filhinha de volta.

- A pergunta é, ela existe ou só mais uma de suas personalidades?

- Como pode ser isso? Ela era uma menina tão doce e educada. O que pode ter acontecido?

A mulher mostra seu descontrole, a ponto do médico precisar acudi-la.

- Por favor, dona Renata. Sente-se aqui no sofá. Volto em um instante.

⛫

Após um longo dia no hospital, as duas voltam para casa e para a alegria do senhor Antônio, Lola aparenta estar bem. Eles passam o resto do dia entre conversas animadas e brincadeiras. Vendo que já é tarde, seu pai pede para que Lola vá para seu quarto. Pede para sua esposa que espere um pouco, aguardando que a luz do quarto dela se apague, para terem uma conversa seria. Antônio liga o rádio, abafando o som da conversa, temendo que Lola possa ouvi-los.

Ele abaixa um pouco o volume e pede para que dona Renata se sente perto dele.

- Vocês estão bem?

Dona Renata, recuperada daquele dia tenso, assente positivamente. Conta a ele tudo que se passou no hospital e o relato do médico e para seu espanto seu semblante não é de surpresa.

- Você não está preocupado com a saúde dela?

37

- Claro que estou! Temos que redobrar nossos esforços para fazê-la se sentir mais acolhida. Ele precisa de nós. Ela não pode voltar para aquele lugar. Nem que me custe a vida, eu não vou permitir.

- Que horror, Antônio. Nem pense em uma coisa dessas. Não poderia viver sem você.

- Me desculpe querida. Foi apenas força de expressão. Mas é verdade que ela nunca mais vai nos deixar. Eu prometo.

Ela pega em sua mão e ficam até tarde da noite, apenas os dois na penumbra.

♦

Paulo obcecado pela ideia que Lola não esta morta, que nem percebe que o escritório está de pernas para o ar.

Todos as pastas do arquivo, recortes de jornal, inclusive seu obituário, estão espalhados pelo chão, em um caos organizado, apenas para ele.

Sentado em uma cadeira, observa toda aquela papelada, com algumas linhas conectando possíveis ligações.

O cinzeiro está cheio de bitucas e o ar pesado. A garrafa de cana esta vazia e agora jaz no chão.

Cansado, deixa seu corpo esparramado naquela insegura posição. Nesse momento o som da tranca da porta chama sua atenção. Ele tenta se levantar, mas seus reflexos foram junto com a cachaça. Está tonto e sem forças, desiste no mesmo instante.

A porta se abre, revelando a figura altiva de Rita Andrade.

Paulo se espanta e seus olhos embaçados brilham por um instante.

- Lola!

Sua voz sai forçada e enebriada. Logo percebe seu erro e em ultimo esforço, tenta se levantar, caindo de joelhos e se estabaca no chão. Apoia no canto da mesa, esforçando-se ao máximo de suas débeis forças, recuperar o equilíbrio e um pouco de dignidade.

Percebendo seu estado precário, fica extremamente envergonhado, entregando a um choro infantil.

- Que grande amigo eu sou. A única pessoa que se importava comigo está morta e a mulher que devíamos ajuda também morreu.

Ele olha para Rita, que expressa um pesar pela sua ruína, apenas observa em silêncio.

- Bem, não pretendo ficar aqui parada e vê-lo se martirizar desse jeito. Eu volto logo.

Sai deixando Paulo arriado e em quinze minutos, volta com um café fumegante e alguns sanduíches. Limpa a sua mesa e monta uma mesa de café improvisada, ajudando-o a se erguer.

- Devo lembrá-lo que minha experiência com olhares inquisitivos masculinos não me botam medo, detetive. Se sua intenção era me deixar constrangida, esta perdendo seu tempo.

Apesar de estar em estado ébrio, pode jurar que voltou aos seus quinze anos de idade, quando sua mãe ralhava com ele.

- Depois vamos arrumar esta bagunça e começaremos do zero. Não se apresse, temos muito tempo.

Após quase obrigar Paulo a comer e descansar, Rita liga para o advogado da firma e informa todo o corrido.

Preocupado com seu estado, promete uma visita ao amigo. Pensa nos eventos que antecederam à aquele momento e remexe seus arquivos relacionados ao caso de Lola e encontra uma informação que ira mudar os rumos de todo o caso.

É um cartão de visita simples, branco, bem ordinário com o nome de Lola Montaraz e um numero de telefone. Curioso decide consultar a Lista Telefônica para obter mais informações. Cogita que seja de um comércio ou de um empresa, mas para sua surpresa, é de uma residência.

- Agora complicou.

Se fosse de um comércio ou outra coisa, poderia pedir um mandato e colocaria tudo em pratos limpos. Guarda a lista e se afunda em sua cadeira, taciturno, conjecturando qual será o próximo passo.

Ricardo retoma suas atividades de empresário com mais afinco do que antes, surpreendendo a todos com seu total comprometimento, não deixando nenhuma ponta solta em tudo que se envolve.

Do mais baixo escalão até sua mesa diretora, incluindo seus adversários e rivais concordam que agora ele está mais feliz.

Debaixo dessa inesperada retomada, vai discretamente passando o controle no momento em caráter temporário a alguns sócios de sua confiança, preparando sua saída definitiva.

Vez ou outra viaja para a América ou para o Canadá, como era sua intenção desde o começo. Sempre utiliza o passaporte falso para esta finalidade como artista e um turista. O usa para que a alfândega se acostume com suas idas e vindas, sendo um usuário normal.

Algumas vezes sente a falta da companhia de Lola, outras não. Parece que está melhor sozinho sem ter a necessidade de explicar todo seu plano o tempo todo e sem o risco dela ter uma recaída.

Seria muito mais fácil para eles descobrirem o engodo e difícil para ele se livrar de uma ida à prisão.

⁂

O advogado sente-se compelido a compartilhar essa informação com Paulo.

- Acho melhor arriscar. Só espero não fazer nenhuma besteira.

Antes de sair, liga para o escritório para saber seu atual estado, para saber como vai dar a notícia e como ele vai reagir.

Quem atende é Rita, que reconhece de imediato a voz do advogado.

- Bom dia, dr. Álvaro.... Sim, ele está, mas acho que o senhor deve vir vê-lo o mais rápido possível. Pode ser que o senhor tenha as ferramentas certas para tirar umas ideias daquela cabeça dura.

- Obrigado, Rita. Estava mesmo pensando em passar para falar com ele. Até mais ver.

Assim que o advogado entra no pequeno espaço, é recepcionado por Rita que se mostra apreensiva quanto ao estado alterado de Paulo. Sente também o cheiro forte de cachaça e a bagunça que ele promoveu em seus delírios.

- Paulo, por acaso passou um furacão por aqui?

Um pouco mais sóbrio, mas ainda em estado alterado, revira as gavetas, jogando as pastas em qualquer lugar, causando mais tumulto do que precisa.

O advogado parte para cima de Paulo e arrancando-o daquela neurose dá-lhe um soco tão forte no queixo que ele imediatamente vai ao chão. Tenta se levantar mas o advogado o impede.

- Tudo bem. Estava tentando organizar os aquivos, mas acho que saí do controle. Peço desculpas aos dois.

- Foi mesmo, Paulo. E regado a cachaça. Daqui em diante nada de cana para o senhor, está me entendendo?

- Desculpe por não oferecer. Pelo visto já acabou.

- Agora, CHEGA! Basta de criancices! Você vem comigo. Falo sério.

Paulo concorda, temendo que o pacato doutor lhe de outro direto no queixo. E no momento não tem muito a perder seguindo suas ordens.

- OK, doutor. O que manda?

- Primeiramente você vai tomar um banho decente, enquanto Rita faz um café bem forte para nós podermos conversar sobre nossa próxima estratégia.

Relutante, Paulo segue suas ordens. Álvaro espera que feche a porta só para desligar a energia do chuveiro, fazendo com que Paulo grite e blasfeme.

- Sem bronca! Termina logo que o que eu tenho para falar e muito sério. Quero você sóbrio.

Quando Paulo retorna, está tremendo de frio. Rita esconde uma risadinha enquanto Cláudio está em sua mesa organizando alguns documentos, fumando um dos cigarros dele.

- Sente-se e tome seu café. Rita vai organizar esta bagunça deixado por você. Bem, vamos lá. - Entrega um cartão de visitas surrado mas reconhecível para Paulo. - Reconhece isto?

- Claro. É o cartão que Lola deixou no dia que firmamos o acordo para ser nossa cliente. Nunca vou esquecer daquele momento.

- Então eu fiquei pensando, depois de algumas pesquisas, que será que não era apenas tudo um teatrinho entre Lola e Ricardo, para encontrarem algum pato?

- Não creio. Falei com ele duas vezes e em ambas ele declarou veementemente que vivia com ela e a conhecia bem, até certo ponto. Também disse que sabia que ela mantinha um relacionamento com Pedro a bastante tempo mas que permitia, talvez porque sabia que com ele ela estava segura e sob controle.

- Ora essa. Isto e novidade. E por que ele faria isto? Podia vir no ventilador tudo na sua cara sem aviso.

- Disse que Lola tinha um problema com sua personalidade ou muitas como ele disse. Nunca soube quantas ele tinha e nem qual era a Lola verdadeira. Ele também fez três passaportes, um para ele, com outra identidade, outro para Lola e um para Pedro.

- Por que faria isto? Quero dizer, porque se arriscaria tanto por ela e seu amante?

- Também acho quer nada faz sentido.

Paulo chama Rita que está entretida com a papelada, quase se deliciando com tudo aquilo, causando espanto em Paulo.

- Rita, pode pegar algo para mim? Esta atrás do vaso do banheiro. Prometo que não nenhuma pegadinha.

- Paulo, é alguma brincadeira? Não é hora de joguinhos.

- Calma, Álvaro. Vocês vão ver. É bem sério.

Rita sai pisando pesado, esperando que os dois homens caiam na risada por fazê-la passar por boba.

Retorna com uma expressão de incredulidade, vindo a eles como um automato.

- Você sabe o que é isso, Álvaro?

- Uma bolsa feminina, e daí? - responde com desdém.

- Humpf! Homens. Esta é simplesmente a marca de fabricação somente por encomenda. Você não vai vê-la em nenhuma loja, nem mesmo na Macy's. Elas são tão exclusivas que são confeccionadas uma para cada cliente. Será impossível ter duas iguais no mundo todo.

- Esclareça para estes pobres mortais, qual seria o valor de uma peça tão exclusiva?

Rita tomada por um raro momento de orgulho, sente que é sua hora de brilhar e aproveitará cada segundo.

- Acredito que em torno de cincoenta mil cruzeiros. Isso se os desejos da cliente forem modestos, com acessórios extras, costuras duplas entre outras coisas, o custo pode ultrapassar os cem mil num piscar de olhos.

Pedro se engasga com seu café, quase derrubando em seu colo, sujando o chão.

- Tudo bem, Paulo. Eu chamo alguém para limpar isto amanhã.

- QUE ABSURDO! Dá para comprar uma casa com essa gaita toda.

Diante do comentário de Paulo, o advogado tem um lampejo.

- Então e só conseguirmos falar com o fabricante e termos a sorte que ele tenha os registros dos clientes. Até conseguirmos a autorização não demorará mais que menos de uma semana. Melzinho na chupeta.

- Então, boa sorte, doutor.

- Ora, por quê? Pela autorização?

- Não. Aqui na etiqueta diz: "Obrique, España".

- Pronto. Sabemos onde as fabricam e só temos que ir até lá.

- Quase impossível. Alguns anos atrás, estava em férias na Península Ibérica e tivemos a infeliz idéia de alugarmos um carro e com um mapa rodoviário, diga-se de passagem de outro país, nos embrenhamos nas suas "pitorescas" estradinhas. Devo dizer que só pelo fato de termos chegado até lá, foi uma vitória, mesmo de carro, que este não fique pelo meio do caminho.

- Quer ir de ônibus? Não tem. Avião? Pff! Sem chances. Até que, três garotas cobertas de poeira da estrada e o carro quase enguiçou, conseguimos chegar. Parece que fizeram tudo isso de caso pensado.

O advogado fica pensativo, apenas olhando para o teto, se levanta em um átimo, assustando a todos.

- Já sei. Pode não dar em nada. Vou fazer uma pequena investigação, vale a tentativa.

- Não vai nos contar o plano, doutor?

- Por enquanto, posso adiantar que, se estiver correto, sujaremos nosso pelo branco, porque a toca do coelho pode ser mais funda do que imaginávamos. Até mais tarde.

Sai em disparada deixando Paulo e Rita boquiabertos.

- E agora? O que vamos fazer?

Paulo se ajeita em sua cadeira, servindo-se de um cigarro.

- Esperar que ele retorne. Até que aquele cafezinho cairia bem agora.

Capítulo 7
Muitas Lolas

Dona Renata está com seus afazeres domésticos enquanto seu esposo está no trabalho. Lola por sua vez está no colégio.

Seu dia começa nada animado, nem mesmo as conversas com suas amigas pareciam animá-la.

Um assunto parece tirá-la daquele sentimento de tédio. Um garoto recém-transferido acaba de se matricular.

Como é de praxe nesta escola, a diretora convoca uma reunião daquele período no auditório. Seu nome é Adriano e parece que ele não se encaixava muito bem no outro colégio, revelando-se um aluno muito inteligente para sua idade.

Após uma rápida entrevista, concluíram que estava mais do apto a acompanhar as aulas mesmo que já estivessem praticamente no meio do ano letivo.

Em seu prontuário da outra escola era apontado como disperso e indolente, que na verdade ele se revelou muito atencioso e capaz de dialogar com os professores quase no mesmo nível e que sua dispersão era devido ao fato que ficava entediado com facilidade.

Sua timidez inicial foi diluindo até no momento que consegue criar um clube com atividades intelectuais.

Demonstrando boa dicção e facilidade para complexas discussões, e colocado como orador oficial da turma.

Apesar de Adriano mão ter muito contato com garotas, por ficar travado, fica bem à vontade com as que frequentam seu clube, simpatizando com Lola desde o primeiro dia.

No início eram apenas amigos e compartilhavam gostos em comum, mas logo esse sentimento se transforma em algo maior.

Lola era conhecida pelas garotas por deixar os rapazes "na saudade". Mas parece que com Adriano é diferente. São como os lutadores de boxing, que ficam estudando os pontos fortes e os pontos fracos de seu oponente.

Por vezes ficam semanas sem se ver ou se falar, outra ficam tão grudados que os colegas juram que vai dar casamento.

Lola gosta de brincar com Adriano, dando-lhe um gelo como se nunca o tivesse visto, o mesmo acontece com Adriano, que a ignora categoricamente.

Antes de conhecer Adriano, Lola era apenas uma aluna mediana, tirando boas notas apenas para satisfazer seus professores e seus pais. Depois, ela começou a frequentar o club de Adriano, seu interesse só aumentos e suas notas subiram vertiginosamente, como se ela fosse capaz mas faltava-lhe um empurrãozinho.

Depois desse período de estudo dos combatentes, o casal parece que assume sua paixão mutua, sendo vistos até mesmo de braços simplesmente andando sem rumo pelas ruas entre conversas animadas e risos.

Até obteve permissão do pai de Lola para ir buscá-la e trazê-la em casa todos os dias. Podiam se ver nos fins de semana e os pais de ambos até ficaram amigos, até se encontram regularmente para um almoço de domingo.

Até a saúde de dona Renata melhorou significativamente.

⚒

Para alegria dos estudantes, a escola promove uma visita guiada a alguns pontos turísticos e pitorescos da cidade de São Paulo.

A animação e a excitação toma conta de toda escola em especial em Lola e Adriano, que a muito queriam sair um pouco de suas rotinas.

No ônibus, a felicidade é geral e todos estão ansiosos para conhecer os monumentos e absorvem cada palavra dos instrutores.

Adriano, sempre atento, compartilha seus conhecimentos com seus amigos e principalmente com Lola.

Durante este dia, ela exibe um comportamento estranho, como se fosse outra pessoa, assustando Adriano.

Outra situação, age maliciosamente, tal como uma mulher promiscua, se atirando nos rapazes, causando embaraço para Adriano.

Como rota para o tour, eles passam praticamente o dia inteiro no Teatro Municipal. Conhecem seus salões, auditório e também aonde a equipe técnica faz seu show sem publico.

Em dado momento, Lola desaparece para desespero dos colegas e dos professores, causando um pequeno alvoroço.

Lola está só, despista a sua turma, chamando a atenção de todos os trabalhadores que acenam com um assovio cada vez que ela passa com se não ligasse para as cantadas. Um rapaz em especial chama sua atenção. Ele aparenta ter não mais que vinte anos e carrega vários equipamentos para o palco. Ele é bem forte e apesar de usar uma camiseta bastante suja da poeira e da graxa que o impregnara, pode ver que seu físico atlético, fazendo com que Lola fique admirando o rapaz mais atentamente.

Deliberadamente ela esbarra em um móvel cenográfico, ameaçando cair, em que o rapaz prontamente vem em seu socorro, segurando-a pela cintura e ficando a menos de um palmo de seu rosto, deixando a moça de pernas bambas. Ela o afasta gentilmente, apoiando-se, sorri maliciosamente.

O rapaz aproxima-se decidido e cola seu corpo no dela fazendo com que suspire alto. Ele cola seus lábios contra os dela e beijam-se em sofreguidão, borrando seu batom.

Numa pausa recuperam o folego, ela abre sua blusa, mostrando seus pequenos mas firmes seios e seus mamilos em riste.

Ele não se faz rogado e abocanha-os deixando Lola em êxtase. Seu membro está duro e roça contra sua virilha, deixando a moça molhada.

Lola está maravilhada com tudo aquilo e não consegue resistir as investidas, agarrando seu cabelo, rasga sua camisa e quase cravando suas unhas nas costas dele.

Como uma profissional, alcança o botão de sua calça e rapidamente expõe o volumoso membro, que salta, escapando de sua prisão.

Sem aviso, ele o empurra e se agacha envolvendo seus lábios no pênis do rapaz que se contorce e sorri maravilhado.

Bastam alguns minutos para que ele ejacule tudo na boca de Lola, que engole sem pestanejar.

Com o membro ainda duro, ele avança tentando penetrar em sua vagina, mas ela o impede violentamente. Ao invés disso, ela vira de costas, abaixa sua calcinha e mostra seu anus pronto para recebê-lo por inteiro.

No início ela se espanta com o volume e a dor, mas a cada movimento, ela vai relaxando e aproveita cada investida até que seus movimentos se intensificam e ele preenche todo seu canal, até que um pouco escorre pelas pernas dela.

Ele se afasta com o membro mole, ofegante e suado, apenas observa assustado, a garota se recompor como se nada tivesse acontecido.

Capítulo 7

Duas Lolas? (literalmente)

O advogado, segue para o bairro do Ipiranga e não demora, encontra o endereço que pertence àquele endereço.

É uma casa de dois andares como todas daquela extensa rua quase que padronizado, se não fosse por algumas diferenças estéticas, seriam exatamente iguais.

O imóvel é modesto, aparentemente confortável para uma pequena família. Nescessita com certa urgência de alguns reparos em sua fachada e em alguns pontos de sua estrutura, principalmente no rufo do telhado, que já apresenta falta de algumas partes e também uma enorme mancha de umidade sendo infestada por um bolor que toma conta daquele pedaço do reboco.

Fica observando aquela rua semi deserta se não fosse por um ou outro automóvel que ali passa sem se deter. Algumas casas mais bem cuidadas, com algum desgaste natural, um portão quase encostado sem estarem escancarados.

Aos seus olhos, parece que falta algo naquele cenário. Não são as árvores, que tem em abundancia, algo que o incomoda, mas ainda não sabe dizer o que é, mas é algo que deveria estar ali, com certeza.

Horas se passam sem acontecer absolutamente nada, entediando-o. Olha para o relógio no painel de seu carro que marca dezessete e cinco.

Como em um estalo, imediatamente sua mente é transportada para sua tenra infância, se vendo na mesmíssima situação, enquanto corria pela sua rua junto com seus amigos atrás de uma bola surrada, com traves feitas de latas usadas ou algumas pedras.

Era isso e muito mais, também se lembra dos mais velhos se reunindo na calçada para jogar domino ou baralho, fazendo tanto barulho quanto a criançada. Ou mesmo para jogar conversa fora. Mas isto foi há muito tempo.

Promete para si que vai ficar somente mais quinze minutos, mas para sua surpresa, um carro de luxo preto, desses com quatro portas, as duas de trás abrem ao contrário. Seu motorista buzina duas vezes e logo sai de dentro da casa uma mulher elegantemente vestida.

Ela é alta e aparenta estar na casa dos trinta anos. Sai apressada entrando no veículo como se ele a engolisse. Nem bem a porta fecha, sai em disparada, deixando para trás apenas uma incrédula testemunha.

Agora com a curiosidade aguçada, fica observando o movimento (ou a falta dele) por mais meia hora.

As luzes da rua acendem e o silêncio fica ainda mais insuportável, dando a impressão que é uma rua abandonada.

Sai do seu carro, decidido a investigar aquela residencia. No inicio fica apenas parado no portão, observando mais de perto a fachada, que já viu em um passado distante, dias melhores.

A tinta da parede está craqueando, cheio de bolhas e em alguns lugares o reboco está dando o ar da graça. O portão e o pequeno terreiro que seria um jardim estão em total abandono. O jardim é uma coisa a parte, onde deveria estar coberto por uma grama bem verde, agora é só terra dura e seca está a mostra.

A luz da iluminação da rua dá a aquele lugar o aspecto ainda mais lúgubre, causando um calafrio no advogado. Nem pode imaginar como está seu interior. Treme só de imaginar.

Reunindo toda coragem que dispõe, adentra pelo portão e segue até os três degraus que acessam um pequeno corredor ate a porta da entrada principal. Nota que a caixa de energia está desligada, mas há alguns fios, fazendo um perigoso circuito, para que ainda haja luz dentro.

Com um lenço na sua mão, força a maçaneta que cede com certa facilidade. Entra sorrateiramente tateando os empoeirados moveis, tomando cuidado para não deixar rastros de sua presença.

De repente, um odor ocre entra em suas narinas. Um cheiro de comida podre e outros cheiros se misturam causando náuseas. Cada vez que avança o que parece ser a cozinha, fica mais evidente. A visão daquele lugar é puro horror fazendo que fique tonto. Sai daquele ambiente, tropeçando em toda sorte de coisas inúteis e quebradas espalhadas pelo chão.

Sua mente o força, com todas as forças, a sair dali imediatamente, mas ele nota a escadaria para o andar de cima.

O primeiro cômodo, o que talvez já fora um dia, um quarto principal, bem acolhedor. Agora tudo que resta são mobília em franca decadência e tudo que é de tecido está apodrecendo ou embolorado. As cortinas estão tão frágeis e rasgadas, que é um milagre que estejam ainda penduradas.

Segue para o cômodo em seguida abrindo a porta com mais puro medo. Inexplicavelmente, este está mais limpo que todo resto. Nota a impressão da porta pelas incessante idas e vindas deixando sua marca naquele piso imundo. Pensa nas pegadas que deixou para traz. Azar. Segue a sua "visita".

Observando mais atentamente, vê que é exatamente o quarto de uma garota de dezesseis anos em todos os seus detalhes, assustando-o.

Segue pelo resto do corredor, vai até a porta no final. Seu coração dispara temendo que haja alguém a espreita. Seu coração dispara e seu rosto se encharca de suor.

Mas em vez de ser outro quarto, este mais parece um depósito, com uma quantidade razoável de bolsas do tipo de esportistas.

Lentamente abre uma delas só para mostrar uma quantidade invejável de dinheiro americano. Ouve o barulho do piso estalar atrás de si, e tudo repentinamente escurece.

Capítulo 8

Quando um Cristal se Quebra.

Recuperado da ressaca, Paulo está com Rita examinando a papelada, descartando tudo que é desnescessários.

- Sabe Paulo, não entendo a fixação de vocês por esta tal de Lola. Parece que ela esteve manipulando a todos desde o início. Sou mulher e entendo quando usar o flerte para atrair um bom partido. Mesmo que seja só por um tempo. A gente também gosta de diversão, mas no caso dela, parecia algo que beirava a necessidade de destruição.

- Você fala como se a conhecesse. - questiona Paulo, com desconfiança.

- Não, mesmo. Mas eu conheci inúmeras dessas "Lolas". Elas são o que há de pior na mulher. Ela não se satisfaz enquanto não tomar tudo dele e fazê-lo rastejar. Simplesmente nojento.

Manipulando algumas pastas, cai de dentro de uma delas, o envelope com o cartão de visitas de Lola.

- Hey! O doutor deixou o número do telefone dela. Será que devemos ligar?

- Não sei, Paulo. Não daqui. Não sabemos quem vai atender. Melhor não arriscar.

- Tem razão. Já sei. Vamos até a <u>Companhia Telefônica</u>. Podemos usar uma de suas cabines. É menos arriscado.

- Concordo. - Rita se adianta já com o casaco e o chapéu de Paulo em mãos.

- Sabe Rita, você seria uma esposa formidável.

- Eu não sou do tipo que amarra com ninguém.

- Quem sabe quando aparecer seu príncipe encantado.

Paulo abre a porta e sai logo depois dela, batendo a porta.

⛫

Na Companhia Telefônica, eles treinam seu discurso, apreensivos de quem irá atender. Rita percebe que Paulo se parece um pouco com um policial falando, e rapidamente pega o cartão de sua mão e disca o numero. Seu semblante muda radicalmente para um de puro espanto.

- Paulo, vocês já ligaram para Lola alguma vez?

- Não que eu me lembre. Quando tínhamos que marcar alguma reunião com ela, era Pedro quem o fazia. Por que da pergunta?

- Então você nunca falou com ela diretamente?

- Nunca. Só quando ela estava presente.

- Então ouça isto.

Lhe entrega o fone e fica em choque quando ouve a voz do outro lado da linha, informando que número não existe mais.

- Vamos até o balcão da companhia. Quero tirar isto a limpo.

A única informação que a atendente lhe dá, é que o telefone em questão foi desligado por falta de pagamento há mais de cinco anos.

Paulo fica sem entender nada, tentando processar tal informação.

Rita percebe seu espanto e tenta contornar a situação.

- Paulo, eu acho que Pedro e Lola estavam juntos desde o início.

- Sim, Ricardo me disse até que sabia que eles mantinham um caso e que ele não se importava, pois Pedro inspirava confiança e que ele podia saber onde ela estava o tempo todo.

- Não consigo deixar de pensar que Ricardo está metido com isso até o pescoço, apesar dele negar.

Súbito ele tem um estalo e agarra Rita pelos ombros, deixando a moça assustada.

- Vamos, Rita. Temos que ir ao Aeroporto. É possível que Ricardo esteja planejando sair do país como ele mesmo mencionou. Ele disse que tinha planos para ir para os Estados Unidos ou o Canadá. E coloco todas as minhas fichas que ele vai para a América.

Rita disca o número de informações e consegue saber que há três saídas internacionais para aquele dia. Anota em seu caderno de notas e entrega para Paulo.

- Três voos e o primeiro é daqui uma hora.

- Então é melhor corrermos se quisermos pegá-lo antes que parta.

Dentro do táxi e Paulo dá para o motorista cem cruzeiros para fazê-los chegar ao aeroporto o mais rápido possível.

Cortam a cidade em alta velocidade e conseguem chegar até a entrada principal em tempo recorde.

A dupla vai até o guichê da companhia aérea onde há a lista de partidas daquele dia.

- Boa tarde, moça. Qual é o próximo voo para os Estados Unidos?

A moça confirma que ele está no horário e vai partir dentro de dez minutos. Informa também que os portões já vão abrir.

A dupla corre pelo saguão em direção ao portão e conseguem localizar Ricardo que esta prestes a entrar pela pista, mas Paulo nota a figura inesquecível de Lola em todo seu esplendor. Ela traja um vestido preto que lhe vai até os joelhos. Usa um colar de perolas e luvas também pretas até os cotovelos. Esta de óculos escuros e um chapéu com uma rede caindo-lhe no rosto acima de seus lábios carnudos tingidos com um batom vermelho vivo. Tem em seu braço um fina bolsa também preta que de dentro dela, retira uma pistola Colt 1911, e a mantém próxima a sua coxa. Mesmo assim Paulo a reconhece e chama pelo seu nome.

Parecem ter uma forte ligação. Ela olha para ele e sorri como no dia em que ela entrou pela primeira vez no escritório e Paulo congela.

Ela aponta a arma para Ricardo e grita seu nome. Vira-se vendo Paulo e Rita. Paulo tenta alertá-lo, mas este demora para chegar aos seus ouvidos.

Tudo parece acontecer muito devagar. Paulo corre em direção de Ricardo, enquanto Lola efetua dois disparos com aquele calibre quarenta e cinco, que ecoa como um tiro de canhão dentro daquele ambiente ruidoso, assustando os demais passageiros.

Ricardo cai enquanto Lola fica impassível, apenas guarda sua arma e começa a andar para a saída, mas é impedida pelos policias que já chegaram e conseguem detê-la.

Caído no chão mortalmente ferido, esvai-se em sangue, causando comoção nos presentes que saem em debandada, deixando-o só em um poça enorme de sangue.

Paulo e Rita olham para Lola que tem um semblante frio. Eles não conseguem entender o porquê de sua atitude. Enquanto ela é levada pelos policiais, uma equipe de socorro vai ao encontro do corpo sem vida de Ricardo.

Alguns dias depois, Álvaro já restabelecido da pancada, volta ao seu trabalho como de costume.

Sua secretária entra pela porta deixando alguns documentos e chama sua atenção.

- Dr. Álvaro, há dois homens pedindo para falar com o senhor. Um deles pede desculpas pelo mal entendido. Disse que o nome dele é Márcio.

- Tudo bem, Ana. Pode deixar entrar. Eu os conheço. - Espera que a moça saia e passa a mão no alto de sua cabeça, sentindo o enorme galo que se formou.

Dois homens corpulentos adentram ao escritório do advogado com um ar sombrio, se colocando de frente à sua mesa.

- Em que posso ajudá-los, meus amigos?

- Doutor, viemos pedir desculpas pessoalmente pelo mal-entendido. Não tivemos outra escolha senão derrubá-lo para que o senhor não fosse dormir na geladeira, entende?

- Por quê?

- Tivemos que agir assim antes que Lola voltasse, achamos que ela tinha desconfiado de alguma coisa.

- Lola esta viva? Como é possível?

- Pois é. Já viu algo assim?

Márcio entrega ao advogado um jornal com a manchete do tumulto no aeroporto, que fala da prisão de Lola e da morte de Ricardo Montéz.

- Bem, já fizemos nossa obrigação. Mais uma coisa. Se o senhor puder ligar para o Paulo, nós temos uma coisa que o Dr. Ricardo deixou para ele. Obrigado pelo seu tempo e desculpas novamente. Bom dia.

Álvaro espera que os homens saiam e lê novamente a noticia ainda inconformado, se joga na cadeira de qualquer jeito.

- Ana, ligue para Paulo, e diga para vir aqui. Temos muito que conversar.

Capítulo 9

A Verdadeira Lola

Alguns meses depois, ainda abalado com a morte brutal de seu amigo Ricardo Montéz, o doutor Cláudio, se aposenta de suas funções. Um pouco pelo cansaço e também por sua idade avançada, quer aproveitar um pouco de uma vida sem estresse.

Como se tivesse algo para terminar, vai até o escritório de Paulo, para encerrar esse ciclo em que se envolveram.

Entra em silêncio e vê que estão todos ocupados. Paulo està redigindo um relatório, Rita, ocupada com a organização dos arquivos e toda a papelada do escritório e o doutor Álvaro, advogado do escritório, também esta auxiliando Paulo nas questões legais.

O médico entra carregando uma volumosa pasta, assustando Rita que imediatamente o auxilia.

- Obrigado, senhorita. Meu nome é Cláudio Mengazzoni, sou, quero dizer, era médico-legista do Hospital da Clínicas. Recém aposentado.

- Seja bem-vindo, doutor. Em que podemos ser útil ao senhor?

- Na verdade, eu é que vim ajudá-los. Gostaria de falar com Paulo Roberto?

- Claro. Venha comigo, vou apresentá-lo.

Rita anuncia o doutor e Paulo e Álvaro se espantam com sua presença.

- Ora doutor. Que ventos o trazem? Deixe-me apresentar, Rita Andrade, minha secretária e conselheira de valor. Este é o doutor Álvaro, meu advogado. Este é o doutor que cuidou do "corpo da Lola". Mas, sente-se. Como posso ajudá-lo?

- Senhorita Rita, pode entregar a pasta para Paulo. Creio que seu conteúdo será esclarecedor. Acredito que atará todas as pontas soltas de toda esta bagunça, que foi o caso de Lola e Ricardo Montéz.

Rita, mesmo não ter participado desde o começo, com certeza sabe muito do que o velho médico está se referindo.

- Nossa, doutor. Até parece que temos mais uns esqueletos para enterrar!

- Tem toda razão, senhorita. Mas Paulo saberá o que fazer com tal informação. - Ele se levanta com um gracejo cortês, despede-se para seu merecido descanso.

Paulo, Rita e dr. Álvaro estão congelados encarando o dossiê como uma bomba prestes a explodir na cara deles.

Rita é a primeira a se recompor do choque, pigarreando, colocando todos em atividade.

- Bem, temos um dia livre. Podemos ler esse dossiê e ver o que ele nos revela, ou simplesmente arquivá-lo e esquecer que ele existe.

Paulo ainda está olhando para a capa do recheado prontuário, que o médico conseguiu organizar.

- Seria uma pena descartar todo o trabalho que ele teve. Devemos ao menos dar uma olhada, sabem, apenas para justificar seu esforço.

Concordo plenamente. - Álvaro se levanta em posição formal. - É o mínimo que devemos a ele. Apenas uma olhada informal. Afinal, já sabemos tudo que aconteceu, não é mesmo?

Rita animada dirige-se ao anexo entusiasmada.

- E eu vou preparar um café. Para o caso da leitura ser interessante.

O trio lê os detalhes de toda a estória do envolvimento de Ricardo Montéz e Lola, que este momento, usava seu nome de batismo, Bragança.

A cada página se aventurando naquele redemoinho de personagens cada qual mais obscuro que outro, era questão de tempo que uma tragédia viesse a ocorrer, como de fato aconteceu.

Ricardo, um astuto empreendedor, porém péssimo jogador, se aventurou, sem assistência, em alguns negócios que não eram de sua alçada, perdendo uma vultosa quantia em espécie, tanto em dinheiro nacional, quanto em moeda estrangeira, principalmente na moeda americana, que havia uma gama gigantesca de investidores ávidos por recuperar seus investimentos.

Suas perdas não eram de grande monta, pois seu patrimônio acumulado era muito mais que suficiente para cobrir os prejuízos sem sequer abalar suas finanças, tão pouco sua reputação. Mas acontece, na verdade Lola aconteceu na sua vida. Parece que a moça tinha o poder de obscurecer sua mente, tirando-o de seu foco original, que eram os negócios.

Outrora um frio negociador, duro com seus rivais e com seus negociadores, sempre tendo uma carta na manga para conseguir o que queria, parece que com ela por perto, e nem precisava estar junto a ele, bastava estar no mesmo ambiente, que sua influência era maligna sobre Ricardo, mudando como da água para vinho.

Não que seu patrimônio se esvaia, longe disso, o problema é que ele não tinha mais interesse pelas disputas nas negociações em que ele era especialista conseguir sempre o que queria.

Certa vez, comprou uma empresa falida, somente para provar a um colega que era possível fazer algo estragado voltar a brilhar como diamante. Como sempre, Ricardo moveu céus e terra para provar seu ponto de vista. E, em menos de dois anos a dita se revelou a menina dos olhos de qualquer investidor serio. Da noite para o dia, vendeu a tal empresa praticamente a troca de nada. Esse era Ricardo Montéz. Teve sorte de não ter perdido tudo na primeira empreitada. Isso até conhecer Lola. Corria um boato que dilapidaria seu próprio patrimônio para sair do Brasil de vez. Fato que se concretizou quando a conheceu, seus desvios ficaram cada vez mais evidentes, chamando atenção das autoridades, que apressaram seu intento, até o fatídico dia de seu assassinato no saguão do aeroporto, a alguns passos de sua tão almejada liberdade

Nem se dão conta que a noite avança e suas descobertas adentram a madrugada, sem suspeitar, nem que seja por um segundo sequer, que outro evento de grande magnitude está para acontecer.

⚓

O cereno da madrugada começa a cobrir a cidade como uma bruma, e as pessoas por mais determinadas que fossem, não querem se expor as baixas temperaturas e sua excessiva umidade, deixam a cidade quase deserta.

Em todos seus pontos sempre haverá um corajoso que tentara desafiar a natureza. Em especial uma figura solitária caminha pelo calçado do imponente viaduto, honrando aos plantadores daquela erva adorada por muitos, devido a sua natureza aromática e muito apreciada.

Ele para exatamente no meio daquela construção e fica por alguns minutos observando todo seu entorno, admirando cada detalhe, cada faceta daquela metrópole, ora dura como o concreto que a ergue, ora doce e suave como o próprio chá que lhe confere o nome.

O único som que se destaca, é o de sapatos femininos apressados, batendo contra o piso.

- Atrasada. Como sempre.

- Você não me deu muitas opções. Sabia que tive que amargar na cadeia por sua causa?

- Até que você se saiu muito bem. Acreditaram na sua estória?

- E porque não acreditariam. Afinal sou só uma moça com alguns problemas mentais. Não poderiam fazer muita coisa. Tive manter esse personagem até nas sessões com o psiquiatra. Tentaram também consultaram meu antigo prontuário, mas descobriram que o pobre doutor já não estava mais entre nós. E também meu prontuário médico, acredita nisso? É cada coisa que acontece. - fala com deboche.

Ela ri alto e é silenciada pelo seu parceiro.

- Cale a boca! Ou vai atrair uma guarnição até nós. Vamos pegar o dinheiro e tratar de sair do país o mais rápido possível.

- Nem parece aquele rapaz servil que eu conheci.

- Ricardo foi muito trouxa em deixar tudo para eu administrar. Por sorte conhecia todos nas fundações que ele passou as propriedades, me tornando sócio majoritário de todas elas.

- E que fim você deu a elas?

- Botei todos para correr. Afinal, era tudo fachada mesmo.

- Sabia que eu te amo mais a cada dia? - fala com a sua voz doce e rouca, envolvendo seus braços entorno de seu pescoço. - Mesmo quando estávamos na miséria eu sabia que você se sairia bem, era questão de tempo.

Eles se beijam ardentemente, Lola tira o chapéu dele, segurando-o em sua mão com displicência.

- Eu te amo, Lola.

- Eu também te amo, Adriano.

Anexo I
Fotos da São Paulo Antiga
Década de 1940

EMBARQUE DEPARTURE
PORTÃO 7-9 GATE 7-9
EMBARQUE DEPARTURE
PORTÃO 3-5 GATE 3-5
SAÕ PAULO. BRASIL
Casa Martinelli

Da esquerda para a direita

1 Edifício Itália

2 Viaduto do Chá

3 (Antigo) saguão do Aeroporto de Congonhas

4 Edifício Martinelli

5 Hospital das Clínicas

6 Rua Líbero Badaró

História do Viaduto do Chá

Com sua localização no Vale do Anhangabaú, centro histórico da cidade de São Paulo, o Viaduto do Chá é uma famosa construção que foi idealizada no ano de 1877. Porém, sua inauguração ocorreu somente em 1892, no dia seis do mês de novembro. Antes do viaduto ser construído, para chegar da Rua Líbero Badaró até a área onde atualmente está o Teatro Municipal, era necessário descer o declive, passar pela Ponte do Lorena, acima do Anhangabaú, e subir a rua onde atualmente encontra-se a Xavier de Toledo, antiga Ladeira do Paredão.

Um dos problemas encontrados para a construção do Viaduto do Chá era que, na Rua Líbero Badaró localizava-se a residência da Baronesa de Tatuí, uma das personalidades paulistas que era contrária ao início das obras. No local onde atualmente está o Teatro Municipal, ficava a serraria de Gustavo Sydow, um alemão. Na sequência, via-se a chácara do Barão de Itapetininga, tracejada pelas seguintes ruas: D. José de Barros, Formosa e 24 de maio.

O Viaduto do Chá foi a obra pioneira no estilo a ser construída na cidade de São Paulo. Seu desenvolvimento teve início no ano de 1888, mas devido à resistência de alguns residentes da área, as obras foram interrompidas após um mês de seu início. O problema era que os contrários à construção do viaduto eram pessoas com prestígio social como o Barão de Tatuí, que teria uma de suas casas desapropriadas pela obra.

Porém, em um dia fatídico, um grupo de populares que era favor da construção do viaduto começou a atacar as paredes do sobrado do Barão com picaretas, fazendo com que ele se mudasse à força. Após este ato, as obras retornam no ano de 1889 com a chegada de uma armação metálica de origem alemã. Justamente no dia da inauguração, caiu uma tradicional garoa paulista, que interrompeu as festividades. Responsável pela construção da obra, a Companhia Ferrocarril recebia três vinténs, como forma de pedágio, das pessoas que atravessavam o rio através do viaduto.

O Viaduto do Chá era conhecido por receber pessoas ilustres da alta estirpe da cidade. O costume dos passantes era frequentar o comércio, os cinemas da região e, após

1911, o Teatro Municipal. Uma curiosidade é que o viaduto foi usado muitas vezes por pessoas que queriam pular para se suicidar.

Com o tempo, a armação metálica alemã com assoalho feito em madeira foi se desgastando com o aumento da quantidade de pessoas que por ali passavam todos os dias. Assim, em 1938, a obra foi demolida e deu lugar a uma nova, fabricada com duas vezes o tamanho anterior e armação desenvolvida em concreto armado.

O nome Viaduto do Chá remete ao Morro do Chá, que ficava localizado no flanco da atual Rua Xavier de Toledo. Outra origem era o cultivo de chá realizado pelo Marechal José Arouche de Toledo Rendon nas proximidades do Largo do Arouche. Atualmente, o viaduto é um dos maiores cartões postais da cidade de São Paulo.

Fonte:

Viaduto do Chá - São Paulo - InfoEscola